U0947356

简明漂流小手册

原文撰写及资料整理：文大川　中文翻译：李文、林敏丹、河童
摄影：米哲、李宏、文大川、Eric Jackson

中国国家地理
CHINESE NATIONAL GEOGRAPHY

对许多中国人来说，提起在河流上漂流，特别是在中国西部大江大河上漂流，自然而然就会想起80年代长漂和黄漂的悲剧。但事实上，过去60多年里，世界各地的人们以各种各样的方式在河流上消遣娱乐、享受河流带给他们的乐趣。长漂和黄漂的悲剧只是河流活动中会发生的情况之一，并不具有代表性。而我个人的经验却是另一种感受。我只有一岁的时候，父母就带我到美国西南的流速较缓的河流上游玩。让我在沙滩上玩耍、在浅滩里凫水、亲近地感受美国西部独特的美景。最近17年来，以前是我父亲，现在轮到我，还有我的家人都十分幸运地有机会探索和感受中国西部的大江大河。我们发现这些河流和美国的一样，景色优美、风光旖旎、适于不同年龄和经验的人们前往休闲享受。

本手册提供漂流的背景知识，来消除大家对漂流的神秘感，从而鼓励更多的人参与其中。不过，有一点必须强调，如果你想放开胆子独自去漂流，这些信息是远远不够的。你必须寻找专业的指导人员、漂流向导或很有经验的朋友，让他们给出指导建议。

2009年文大川（Travis Winn）掌舵的充气双桨船漂流在金沙江上。

漂流船的种类

“There is nothing – absolutely nothing – half so much worth doing as simply messing about in boats.” The Water Rat, Wind in the Willows (by Kenneth Grahame)

“没有任何事情——绝对没有——比随意划着小船更值得我去做了。”——《柳林风声》（肯尼思·格雷厄姆）

从20世纪三四十年代，人们就开始玩漂流。这项运动发展到21世纪，有很多改变。单单说船，就有几百种，如木筏、皮划艇等等。本节将介绍如今广为使用的漂流船种类。

充气双桨船（Oar Raft） 充气双桨船有一个船架，用于固定大桨、提供空间给桨手乘坐和放置装备。主桨手用固定在船架上的两支大桨来控制方向。 充气式双桨船已成为河流多日游最常用的船只。它们可以装载大量的设备，支持漫长的旅程；它们乘坐起来也很舒适。此外，不同于河流运动早期时使用的木船，它们碰到岩石会弹起来，而不会断裂。这种船有很多的船底是充气的、可以与船沿分开，水可以自动从船底边沿上的洞排出。在大多数情况下，乘这些船只的乘客只需要坐好抓稳或躺下来，就能享受宽阔的江面风景。因此，在大多数商业的河流旅行，以乘客身份参与的话实际上不需要任何经验。

左上图 王石和文大川在充气独木舟上

右上图 2009年文大川（Travis Winn）在广西省德天瀑布上

下图 2007年文大川父亲Peter winn掌舵新式香蕉船穿越西藏怒江上游那曲的险滩，这只船当时承载了6个人12天的食物和装备。

香蕉船（Cataraft）顾名思义，香蕉船的外形犹如两只大香蕉被并排在一起，香蕉船早期被称为猪鼻船，是在美国西部商业河流旅行中首先使用的人工动力橡皮艇种类之一。它是由两个7米长的浮筒与一个铝制浮架绑在一起而成，一艘可以搭载7名乘客或2~3吨的重量。在过去几十年里，香蕉船的设计逐步得到改善，成为适用于漂流探险难度高的河流的工具。虽然与普通的充气橡皮船比起来它们不太舒服，但这种船的设计可以携带大量的装备，因此非常适合数天的探险性漂流。在划船技术方面，它们和充气双桨船的技术相似。

排浆船（Paddleboat）比较常见的漂流船，主要用于团队协作式半天或一天的漂流中，要求船长和船员通力合作。船长坐在船尾负责发出专业的指令——“往前！”、“往后！”，船员根据指令做出即时调整。排浆船漂流是否需要经验，完全取决于河流的难度。经验丰富的团队也曾经运用这种船成功漂流过难度很高的河流（包括瀑布）。一些漂流公司专门为排浆船设置架子，放置设备和食物，用以进行数天的漂流。

充气独木舟（Inflatable Kayaks）充气独木舟俗称“鸭子”，是一种前后窄，中间宽的小型充气船，由一个或两个人掌控，不充气的时候，船只体积小巧，便于携带。充气独木舟不仅适用于初学者，也是面临中低难度小河流的一种很棒的探险船。如果有其它安全救援的保障，一些新的设计也能用在难度稍高的急流（白水漂流4~5级）中。在印度河（Indus，位于印度）、湄公河（中国国内称为澜沧江）上游的杂曲（Mekong，位于青海省）以及其他河流的探险史上，都曾经出现过充气独木舟的身影。2011年国内开始出现由中国漂流爱好者自行设计、制作的专业充气独木舟品牌（Micro Rafting Systems）。

皮艇（Hard Shell Kayaks）皮艇，俗称“独木舟”、“硬艇”、“激流皮艇”、“皮划艇”，是一种能让人亲密接触河流的交通工具。皮艇的材料一般比较耐用，能承受一些风浪和撞击。但其技术含量非常高，掌舵者往往只有掌握了连人带船的翻滚技术（专业上称为“爱斯基摩翻滚”）之后才能享受这种船只在自然水域的灵活与自在。皮艇漂流于20世纪中期在欧美开始出现，近15年的发展尤为迅速，目前每年都会出现针对各种人群和技术、各类河流难度的新设计。最近几年里，美国的一些社区为正向引导青少年成长，专门建立漂流公园，“激流皮划艇全球联盟”也开始在全世界组织巡回比赛。制造商针对各类人群（包括小孩）研制出不同的皮艇。

以下是三种应用较广泛的皮艇。

河流旅行皮艇（River Running Kayak）船体相对其它皮艇较大，船身较长，稳定性强，船底设计适合顺利过险滩。如果船只设计得好，很容易就能学习翻滚，对刚学会划桨的人非常合适。

花式皮艇（Freestyle Kayak）又称“花式皮艇”、“玩儿艇”（play boats），常用于专业漂流者冲浪玩耍。船底较平，船尾很窄，以便于在水里灵活畅游。

溪流皮艇（Creekboat）专为难度大的激流设计，如坡度较陡的溪流和瀑布。溪流皮艇的末端为球状，容量很大，专业人员使用这种艇能在岩石上轻松越过。船体专为速度和可操作性而设计。

右上图 “Jackson”品牌2009年生产的河流旅行皮艇侧面图

右下图 “Jackson”品牌2009年生产的花式皮艇

左图 2008年“Jackson”品牌生产的溪流皮艇俯视图

14岁的Dane Jackson，2009年在加拿大东部的水浪上。

漂流难度的等级

“滩”是指河床地质结构造成的水流面积、高度和速度的综合现象。在国际上大江大河的漂流运动中，“滩”是衡量选手综合技术级别的专业标准之一，大致分为六个级别，一级为最容易，六级或六级以上为最难（六级滩基本被判断为不能运用技术度过的险滩）。大部分有大众参与的漂流的河段为两三级或者三四级的滩。

对于“滩”，使用不同的漂流艇，会有不同的感受；过滩时不同的心态，也有不同的理解；而在船上不同的角色，也有不同位置的应对方式。可以说，在大江大河上如果没有“滩”的存在，漂流，也就失去了它天然的乐趣。

“滩”这个专业的评级系统来源于美国。但这个评级系统至今不能理解为“精确”，因为我们不能简单地把一条河流划为某一个级别，而地区性的因素、季节性的因素、或是不同人的不同理解，都会引起评级的偏差。这个评级系统目前还不能作为绝对准确的向导，或作为漂流前提供参考的准确的一手河流信息，它的价值在于供漂流者针对某一河段、某一时间内河流难度其中的参考。

经验丰富的浆手如果试图在不熟悉的水域里进行漂流，会按当地情况对该河段谨慎判断后再决定是否下水。因为河流的滩的级别每年都可能会发生变化，水位的消涨、河床内积攒物质的数量、近来发生的水灾、地质灾害或恶劣天气等等都会引起它的变化。所以漂流者应保持谨慎，应对河流“无常”的难度！

随着河流难度的增加，浆手面临的危险也会增加。险滩越长、越持续，难度也会越大。漂流时偶尔遇到一个四级滩和整个河段都是四级滩相比，二者之间是有很大区别的。如果河水温度很低，或者河流地处偏远交通不便的话，在考虑自身技术和河流级别时，应更为保守地留有一定的余地。

○ 级别 I

入门级。一般指水流快速、伴有小浪、很少障碍物的滩。I级滩的障碍物都很明显，新手学习了技术后就可以轻松地避开。风险较低、容易救援。

○ 级别II

新手级。一般指航道广阔清晰、障碍物明显、泛小波浪的滩。过II滩时需要掌握一些基础的技术、但一个掌握正确技术的新手可以轻松地划过。这个级别的滩很少会让落水者受伤，救援方便，甚至不需要外来救援。 在这种难度范围高端的滩被定为II级+。

○ 级别III

需要中级技术。波浪不规则、比II级滩稍大，有时候难以躲避，甚至会掀翻独木舟和充气独木舟。浆手通常需要掌握急流漂流的各种技术：知道如何划船通过狭窄水道，或具有绕过礁石的良好控船能力；遇到大浪或枯树，懂得如何避开等。这个级别的难度或会出现强大的涡流和水流，特别是在流量大的河流上，建议没有经验的浆手必须事先看滩读水。在这个级别的滩，落水者受伤情况还是不常发生，掌握技术的桨手自救方便；但如果有队友的救援，可以避免落水者长时间留在水里。 在这种难度范围低端或高端的滩被相应定为III级-或III级+。

○ IV级

需要熟练高端的漂流技术。波浪剧烈、强大，但属于可预见的险滩，需要浆手能在汹涌的水流中精确地控制船只。因为不同河流不同的特性，这种险滩可能出现强大、不可避开的浪头和卷皮浪，或者是狭窄的水道，这都要求浆手在压力下灵活熟练地运用各种技术。浆手需要掌握快速、熟练的Eddy Turn技术（从主流迅速进入洄水，或从洄水进入主流的技术），以便及时停泊、启动船只，或调整线路，进行看滩、读水，或休息。这类险滩要求船只必须避开危险的地方。第一次经过这类型的险滩可能需要事先看滩读水。落水者受伤的风险是从中到高，而水流情况可能令落水者自救困难。队友的救援通常很重要，但救援者必须有经验和技术。强烈建议掌握爱斯基摩翻滚技术（ESKIMO ROLL)。 在这种难度范围低端或高端的滩被相应定为IV级-或IV级+。

○ V级

专家级的漂流技术。极长、布满障碍物、或流速剧烈的险滩，令浆手面临的风险增加。河流落差处可能有巨大的、无法避开的浪头和卷皮浪，或者有陡峭拥挤的水道，路线复杂，对浆手要求高。这种险滩可能会延续很长，对体能要求很高。存在的洄流可能很小但剧烈、或是难以达到。在这种级别的高端难度，可能几种因素一起出现。建议事先进行看滩读水，但可能比较困难。这种滩落水会很危险，而救援即使对于专家来说通常也很难。爱斯基摩翻滚技术适当的设备、丰富的经验和熟练的救援技术对于这种滩非常的必要。由于五级级别内仍存在大范围的差别，所以五级是一个开放的、多层次的等级，可分为5.0、5.1、5.2等，每个小等级都比之前的一个小等级难度增加。例如：从5.0到5.1难度增加类似于从四级到五级的难度增加。

VI级

○ 极具难度的级别。几乎从没有人尝试过漂流这个级别的险滩，通常用来作为例子，表现河流的难度、不可预测性和危险。在这种难度上的险滩犯错误的后果是非常严重的，而救援几乎是不可能的。对于由专家组成的队伍，只有在良好的水位，经过谨慎的看滩、读水、商讨，并采取一切有可能的预防措施，才有可能漂流这个级别的江段。当一个六级滩经过多次漂流后，它的级别可能会更改为5.x级。

读水

一提起在中国西部的河流上漂流，或即使只有“漂流”二字，人们的印象中总是浮现出急速猛烈、不可控制的激流。在过去五年里，凡是有关漂流事故的报道，社会总把原因归咎于猛烈的洪水激流，以及其它一些不可控制的自然因素。这些都给人们造成了一个错误的认识——河流，就是危险的代名词。

河流确实应该受到最高的尊重，不过它们并不总是危险、不可预测的。如果能了解洪水的季节变化、当地的气候类型、地质、落差、周围的地势以及人类的影响，它们就可以被更深入地了解。“读水”，是了解河流和解开河流神秘感的一种方法，它也是漂流中最重要的技能。

下图是金沙江的两段激流，标出了深冬和早春的激流特点以及适宜漂流的路线。因为只有在深冬和早春，此段金沙江上的漂流才会安全。如图所示，这一段金沙江是一个“间落差（pool–drop)”的江段，其高低坡度相互交替，这种江段有利于救援，而且能在刺激和安静之间找到一个绝佳的平衡点。不过在水量高的时候，险滩与险滩之间的平水会逐渐消失，这也是为什么在高水位的河流漂流会很危险的原因之一。读同一条河段的不同水量，会了解存在的风险。

险滩①由河流（从上游往下游）左边的泥石流（图右侧）造成。它阻塞河流，在河流两边形成逆流的洄水。在洄水处，顺流的水要么改变为逆流，要么停滞，这样反而给漂流者提供理想之处来休息或看滩读水。点①要设在岸上，因为在漂流前，看滩读水非常重要。漂流者会注意到，河水的主流会流向中间和右侧（图左侧）。在几个大的水浪之后（点②），总会有一个大的、上下起伏的波浪（点③），然后是右岸的一个小波浪（点④）。剩下的激流由尾波组成（开始于点⑤）；最后，激流在下一段水道里开始变得平静，两边又出现洄水。

看险滩的第一步是要了解如果犯错误的风险。在一些大江大河里，如金沙江，要想在险滩中来回移动会非常困难，或者根本不可能。最好的方法就是在没有大障碍物的前提下，跟主流走。一个很简单的检查方法就是跟着浪尾到“喇叭口”，或者跟着“喇叭口”到浪尾看，因为这会告诉你险滩前后的主流在哪儿。虽然这个险滩有很多3~4米高的波浪，但却只有很少的危险之处，只要船头面对每一个波浪就可以过去。

看滩读水之后，最合适的漂流方法就是：跟着“喇叭口”（点②）进入，用船头直接面对第一个大波浪（点③），然后调整船头去面对侧面的波浪（点④），接着再

上图　进入“麻风滩”的喇叭口，开始接近麻风滩示意图中的点2。

左下图　险滩一：“麻风滩”

右下图　险滩四：“夹猪滩”

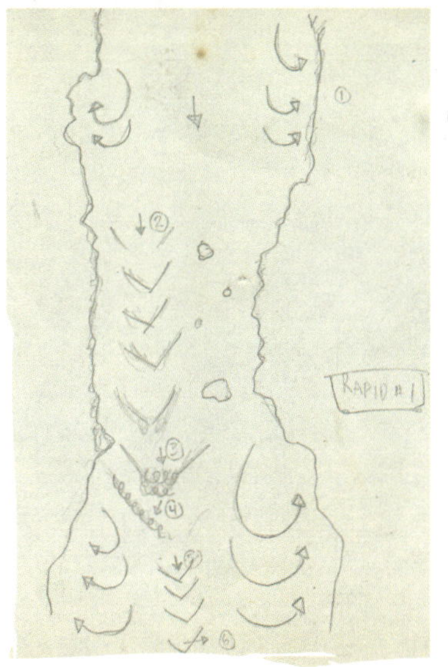

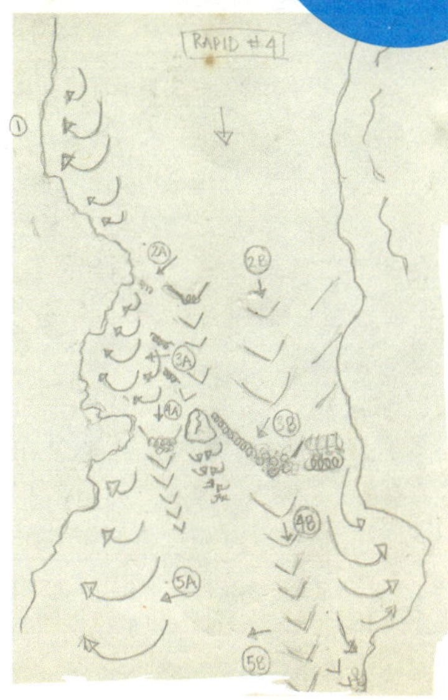

进入"夹猪滩"左侧，船刚越过示意图中点3B的水浪。

次调整船头面对尾浪（点⑤）。随着波浪的逐渐变小，船只开始划进洄水（点⑥），为后续的船只做安全救援的准备。之后，其它的船只才相继跟上。

一个滑坡从（河流上游至下游的）右岸进入河流（见图片的左侧）形成了夹猪滩。为了看滩和读水，船只必须提前停泊在滑坡前面的一个小洄水处（点①），剖析这两条线路。

A线是保守的线路。如果能很好地执行A线，就不太可能发生翻船。不过A线对技术的要求比较高。船进入右边的主流后，需要借助惯性的力量划过第一个波浪（点2A），保持在洄水线上；之后继续保持船只的角度，穿越两个小卷皮浪（点3A）；接着需要运用洄水的力量，调整船头的角度，面对（点4A）后面的波浪。这期间一旦发生错误，后果将非常严重，船只会撞上右主流内的礁石上（上图点4A右边）。

B线虽然在技术上相对A线容易，但需要桨手在“喇叭口”上积累一定的速度（点2B），目的是划过（河流从上游到下游）左边主流上最大的波浪（点3B）。接下来再需要划过浪尾（点4B），进入洄水（点5B），为随后船只的安全救援做准备。B线一旦发生错误，代价将非常大，大浪（点3B）极有可能会掀翻整艘船，船和乘客有可能会被卷进左岸的洄水之中（上图点4B的右下方），对于安全救援会带来较大的困难。

随着水量的变化，夹猪滩的变化也会非常大。随着水量的增加，A线的难度也会增大——因为水的流速会更快；而B线会变得相对容易，因为点3B的波浪会减小，或更趋于平缓。选择哪条航线取决于桨手；如果选择B线的话，还要考虑是否有皮艇等船只在场做安全救援准备。为降低救援风险，在正常水量的情况下一般都会选择A线过滩。

漂流衣物

漂流的过程中，从安全的角度，必须穿通过国际质检标准的救生衣。除非已经到达宿营地，否则整个过程中都不建议脱掉，或因天气炎热解开救生衣的扣子。而救生衣以外的衣物服饰，则需要根据漂流地的气温、季节、水温、当天漂流江段的难度、落水机率等等，以及不同区域参与者的体质而有不同的选择。虽然在安全角度对此并没有明确规定，但防晒和防风、或穿适合的衣服避免冷热不适同样也很重要。穿合适的鞋也非常重要，因为在石头很多的河床或岸边，脚是最容易受伤的。需要强调的是：为避免落水后衣物难干而导致身体不适，漂流过程中应选择非棉质的衣服。考虑到大部分中国人惧寒冷的体质，我们一般会在漂流第一天要求所有参与者必须穿上全身防水服和戴上安全头盔，而次日后大家则可根据各自体质自行选择除救生衣外的其他衣物。 在双桨船、排桨船与香蕉船上，安全头盔只需要在过某些险滩时使用，或在有可能滚下砾石的峡谷中使用。但桨手在使用皮艇或充气独木舟时，必须戴上头盔。

食物

漂流过程中，家人、友人共同参与，一起烹饪一顿河流上的饕餮晚餐，或是相互切磋分享彼此的厨艺，成为了必不可少的乐趣。因此漂流旅行中人们往往会带上一些其它户外活动看来过于奢侈的食品。例如，一个二十人的漂流活动会携带10罐冷饮、4到6盒（袋）食物、4个大丙烷储罐和3个大的火炉来做饭，还得有4或5个桌子来准备食物。

以下是其中一个漂流活动中使用的菜谱：

早餐：

饮品：热巧克力、咖啡、茶

食品：炒鸡蛋、洋葱土豆、水果：香瓜。

午餐：

主食：饼干、面包

酱料：花生酱、草莓酱

肉类：意大利香肠

蔬菜：黄瓜、西红柿、胡萝卜

水果：苹果、橙子

小吃：巧克力、果冻。

晚餐：

主食：米饭

菜品：宫宝鸡丁，虎皮辣椒，卤水猪肉

汤：番茄鸡蛋汤。

漂流的行为准则

为了保护自然与人文环境，保证我们的下一代也能享受漂流的乐趣，下面介绍一些漂流的行为准则。这些准则主要来自于《留存原貌，野外探险的行为规范》（“Leave No Trace, Wilderness Ethics”），另外，也借鉴了美国国家公园的服务系统，还有我这十一年来在中国河流上漂流的经验。

1.请提前准备。启行前上一门课，或者找一个很有经验的朋友来了解设备、河流地图、河流流向、天气等等。

2.陆地上的旅行和宿营。有一些类型的土壤在践踏之后，需要很长时间才能恢复。因此，最好是在沙地上或者草地上宿营。

3.合理处理垃圾。把垃圾分好类：可回收类、有机类、不可回收类和无机类。有机垃圾比如人的排泄物可以直接掩埋到河岸边（在高水位之下），其它垃圾要装好带走。如果河流的使用率较高，就连人的排泄物都要装好带走。

4.除了照片，请不要带走任何东西。石头、沙子、植物或人工品，都属于当地的特有资源，只有尊重他们，后人才有机会分享他们的美丽。而在跨文化环境下，请务必征得当地人意愿之后，再为他们照相。

5.请把营火的影响降到最低。如果因为季节或者天气状况，不得不生火的话，请不要去村民经常去的地方搜集木材，因为那些木材对当地村民是非常重要的燃料。宿营者可以去村民到不了的地方搜集木材。如果是在使用率比较高的河流，火扑灭之后，剩下的灰烬也请装好带走。而在一些以河流旅游为主的地方，是不允许生火的。除非是在一些特定的季节里，可以用火盆。

6.请尊重野生动物。不要随意给野生动物喂食，也不要打扰它们的生活。

7.请为你的旅伴们着想。请不要携带任何电子设备，若出于安全需要，可带卫星电话或GPS。而像手机、电脑或音乐播放器，都会打破其他旅伴想追求的宁静祥和。除非是在难度很大的河流上，否则连双向无线电话也不要携带。如果你无法离开音乐播放器，请尽可能使用耳机，在自己的帐篷内或宿营地周围，离开公众的视线范围使用。

8.请尊重当地的文化。尤其是当河流附近有很多人居住时，请提前了解当地的习俗。进入村庄，或者在河岸碰到村民时，请懂得尊重他们的资源和正常生活，不要因为我们的到来 而让他们受到不必要的影响。

谁能漂流？

如果河流比较缓和，难度不是很大，只要有专业的向导和高质量的装备，任何人都可以参加漂流。参与过金沙江漂流的人，年龄从12岁到85岁的都有。在美国西南部的河流上，你经常能看到学龄前的小孩，甚至是刚学会走路的小孩和家人一起在河流上玩耍。

如果想深入学习漂流的技术和享受它的乐趣，你可以参加学习课程，有周末班、几周的或者是长达几个月的课程，尼泊尔、加拿大、新西兰、美国和欧洲都有相关的课程。last descents 漂流中国也计划从2012年开始在中国设立此类课程，详情可以留意www.lastdescents.com网站。

落水了，该怎么办？

对从未参加过漂流的人来说，最关心的一个问题就是：如果掉到河里该怎么办？要知道，在河里游泳和在游泳池里游泳可是完全不一样的；而且不同水量和深度的河流需要的技巧也不同。在浅的地方或过滩的时候，你需要让头朝向上游，脚朝向下游，顺着河水流动的方向仰卧在水面上，同时用双手双臂拨动水流，保持身体在主流上正确的方向，直至到达安全停靠的地方或回到船只上。如果还未到达安全站立的地方就采用直立行走的方式，很容易会把脚夹在河床的岩石间，这可是致命的危险！因此落水后仰卧漂游的过程中还需要注意把膝盖弯曲，以便用脚把身体撑离岩石或障碍物。如果是在又大又深的河流里，最重要的是立即尽可能回到船只上。如果落水后离船只很近，船长或其他乘客会抛出安全绳或撑出船桨来救你。这时候落水者会意识到：在任何情况下，只要穿好救生衣，身体就能漂浮在水面上。最重要的是千万不要惊慌，要注意看或听附近船长或安全救援人员发出的指令。实际上在激流中游泳非常刺激好玩，但前提是掌握一些保障安全的技能。所以在每趟漂流行程开始之前，无论是否已有经验，团队必须做一场关于安全的讲解。

山水社 主编　刘鉴强 撰文

最后的漂流

中国大百科全书出版社

图书在版编目（CIP）数据

最后的漂流 / 山水社编. —— 北京：中国大百科全书出版社，2012.1
（漂流中国）
ISBN 978-7-5000-8758-8

Ⅰ. ①最… Ⅱ. ①山… Ⅲ. ①日记—作品集—中国—当代 Ⅳ. ①I267.5

中国版本图书馆CIP数据核字（2011）第282735号

最后的漂流

出　　品：北京全景地理书业有限公司
策　　划：陈沂欢
责任编辑：徐世新　韩小群　董佳佳　李平
图片编辑：许晓宁
地图编辑：程远
责任印制：乌灵
摄　　影：（除注明外）李宏、杨勇、马军、孙姗、刘鉴强
装帧设计：何睦
出版发行：中国大百科全书出版社
社　　址：北京阜成门北大街17号
邮政编码：100037
电　　话：010-88390718
网　　址：www.ecph.com.cn
经　　销：新华书店
制　　版：北京美光制版有限公司
印　　刷：北京华联印刷有限公司
开　　本：720mm × 1000mm　1/16
字　　数：80千字
印　　张：13
版　　次：2012年1月第1版
印　　次：2012年1月第1次印刷
ISBN 978-7-5000-8758-8

定价：38.00元

你的探险，可能会拯救一条河流

引 言

为消失中的河流

我从小生长在黄河边，傍晚常常到河边去玩耍，每次都赖着不想回家，直到落日的余辉在宽阔的河面上散尽——这是我对河流最初的印记。20岁不到我便开始在中国西部的山野里奔走，研究野生熊猫、做自然保护项目……爬山涉水成为日常的工作和生活，和山水的关系犹如肌肤之亲。水尤其是可爱的——从森林厚厚的植被中涓涓流出，汇集成林间跳跃的小溪与山谷中如镜的水面，总是让人的目光流连不已，心情也随之柔和清朗起来。每探访一处新的密林和山谷，就像结交了一个新的好友。然而和水真正的亲近却是2009年4月在金沙江的漂流。

这是一次集探险、科考和环保为一体的历程。来自学术、企业、环保、媒体、探险等不同职业、背景和年龄的29人，聚齐云南丽江，在中甸香格里拉县的大具下水，至宁蒗的阿海上岸，在野外8天，漂程140千米。大家把各自平时的身份和责任暂时搁置一旁，白天逐浪而行，晚上露营岸边，没有手机，没有网络，拥有的是整个大自然——碧水与白浪、深峡与峻岭、阳光与沙滩、清风与明月、与激流搏击的刺激，以及沿岸百姓的淳朴……人与人在一个单纯透明的世界里赤诚相对，感受到的只有彼此间的温暖和友爱，激发的是对灵魂的涤荡和真诚的反思。现代化社会太需要这样的乌托邦，让人们的紧张和焦虑得到释缓，重获灵感和激情，哪怕是短短的8天。

然而美好很快就被粗暴地打破：金沙江中上游至虎跳峡，一个一库八级水电开发项目正在大规模展开。在梨园，水坝已经在紧锣密鼓地投入建设，江水泥沙俱下，天空黄沙弥漫，当地的少数民族村民已经收到云南省政府要求移民搬迁的通知。在阿海，我们不得不因为江段截流而停止漂流上岸。而事后我们得知，阿海是又一个“未批先建”的水电工程项目，一旦阿海蓄水，我们漂流过的险滩、地质遗迹和村庄将美景不再。一年之后，我们又调查了在阿海上游汇入金沙江的支流水洛河，因为这条河在阿海的环评报告中被指定为受水坝影响鱼类的替代生境。但是我们吃惊地发现，早在阿海之前，美丽如画的水洛河已经规划和开建了11级水坝，随着水电开发修建公路，首先带来的便是无序的金矿开采，这正严重影响着这条河流的生态环境。而所谓阿海水坝的替代生境，则是不堪一击的妄言。

漂流回来的心情是沉重的。金沙江固然拥有令人垂涎的巨大水能资源，但河流绝不只是能源——她更是养育两岸和下游人民生存的资源，是长江特有鱼类和水生生物栖息的生态系统，是世界罕见的地质奇迹和自然景观，也是承载多民族文化的媒介。能源也许可以从别处获得，而景观和物种一旦消亡则无法重现。像金沙江这样，用不可替代的自然遗产和人们长远的福祉来换取能源，究竟是不是正当？是不是值得？谁有资格来做此评判？金沙江是中国河流的一个缩影，也是今天人与自然关系的折射。发达国家对水坝修建利弊的反思值得我们认真思考和借鉴。

“无为”需要智慧，人类需要这样的智慧。

从金沙江漂流回来，每一个人都毫无悬念地成为河流保护坚定的拥戴者和践行者，因为那里的山山水水已经成为我们精神家园不可分割的一部分。或许我们今天难以改变金沙江的命运，但是作为亲历者，我们希望把自己在这条河流上的经历、碰撞、感悟和见证分享给更多的朋友。于是便有了这本关于金沙江的故事。

吕植

2011年9月20日

目录

漂流人物

王石

万科企业股份有限公司董事会主席。爱好极限运动、探险旅行、摄影。2003年5月22日成功攀登珠穆朗玛峰；2004年7月28日完成世界七大洲最高峰的攀登。

吕植

北京大学保护生物学学科带头人和博士生导师，保护生物学学会理事、中国科协常委、世界经济论坛 Global Agenda Council成员。先后荣获1998年度“中国十大杰出青年”称号、国家环保总局授予的“全国环境保护杰出贡献奖”、全国科协颁发的“杰出青年科学奖”等荣誉。1999年被《纽约时报》誉为未来中国值得关注的六位青年人物之一。

牟正蓬

资深媒体人，历任CCTV出镜记者、东方卫视《看东方》栏目制片人，凤凰卫视和CCTV联合录制的《走进非洲》大型节目西线导演。曾作为CCTV电视报道组成员和深入无人区的唯一女性，参加了人类首次穿越雅鲁藏布大峡谷科考活动。

曾强

清华大学、多伦多大学毕业。学者，中国网络信息创业者。曾被《时代》杂志、“有线电视新闻网”、《商业周刊》评为中国新经济精英，被“世界经济论坛”评选为“百名未来世界经济领袖”，获得由中国国家主席颁发的“留学归国人员成就奖”（中国六部委联合颁发）。

Travis Winn（文大川）

此次漂流船长。“漂流中国”Last Descents负责人，美国漂流专家。文大川16岁进入美国青年急流皮划艇锦标赛前三名；1997年独立完成美国科罗拉多大峡谷独木舟漂流；2000年开始到中国漂流，至今主持、参加过中国境内5000多千米江河的首漂。

朱云来

气象学博士，长期关注自然保护。

李星

企业家。曾任SEE-阿拉善生态保护协会副秘书长。“拉住孩子的手”5.12联合赈灾活动总联络官。军校毕业，在军队13年，曾参加过自卫反击战。

邓中翰

中国工程院院士，中国科协副主席。中星微电子有限公司董事长，创造我国首枚完全拥有自主知识产权的芯片，第一家在纳斯达克上市的中国芯片设计公司。2004年获国家科技进步奖一等奖，2005年获CCTV中国经济年度人物，全国劳动模范，中国青年五四奖章获得者，中国十大杰出青年获得者。

郑易生

中国社会科学院数量经济与技术经济研究所研究员，中国社会科学院环境与发展研究中心副主任。研究领域为中国可持续发展的理论与政策，主要研究成果是20世纪90年代中国环境污染损失估算。

马军

耶鲁大学世界学者。2006年5月组建NGO“北京公众环境研究中心”，推出中国首个水污染公益数据库—“中国水污染地图”。2006年底被评为“绿色中国年度人物”。同年被美国《时代》周刊评为“2006年全球最具影响的100人”。

李宏

警校教官，漂流专业摄影师。热爱自然，关注环保。Last Descents漂流运动公司摄影记录协调员。

葛全孝

金沙江岸边香格里拉县吾竹村村民。香格里拉县人大代表。

孙姗

山水自然保护中心执行主任。自2002年起管理“保护国际”中国项目，包括由世界银行、麦克阿瑟基金会、保护国际、法国发展银行和日本政府投资的关键生态系统合作基金在中国西南山地的650万美元基金的运行。孙姗毕业于北京大学，在美国乔治梅森大学获得环境与公共政策硕士学位，曾在美国国立卫生院(NIH)下的国立癌症研究所工作。

曾天依

北京京西学校十年级学生。

刘鉴强

国际媒体“中外对话”中国总编辑，原南方周末记者，加州大学伯克利分校访问学者。他的《虎跳峡紧急》对保护虎跳峡起了重大作用。他著有《天珠——藏人传奇》一书。2006年12月，《华尔街日报》头版头条对他做了长篇报道。

杨勇

独立科学家，地质高级工程师。1985年发起并参加长江科考漂流，1991年徒步考察雅砻江，1992年开始多次参加科考团队在青藏高原的考察，一直对长江上游和江源地区进行追踪定位研究，2005年以来独立考察研究“南水北调”西线工程生态环境和地质灾害可行性评估。

李伟怡

江河记录者。就职于Last Descents漂流运动公司。2008年开始，参与了雅砻江、牛栏江、金沙江2009年1月、3月的漂流。希望把江河的记录系统地整理，以便与更多人分享。

Adam Elliott（米哲）

此次漂流船长。美国漂流专家、摄影师及建筑师。参与过科罗拉多大峡谷漂流超过20次，2005年开始到中国漂流，至今已参加过包括雅砻江、怒江、澜沧江、金沙江等多条河流超过2000千米的漂流。

Alex King（王啸天）

此次漂流桨手。掌握英文、西班牙语、中文三种语言；擅长多种乐器，包括吉他、鼓、笛子等。

陈淮军

安徽省金大地房屋开发有限公司董事长兼总经理，“中城联盟”成员。

王道美

安徽省金大地房屋开发有限公司副总经理。

Peter Winn

此次漂流船长。美国地质学家、漂流专家。1969年在科罗拉多大峡谷开设漂流公司；1971~1980年负责美国Northern Arizona博物馆关于地质、生物等方面的资料库建立工作；1972~1976年期间参与制定并负责执行美国科罗拉多大峡谷的漂流管理规定。

Rob Elliott

此次漂流船长。美国漂流专家、科罗拉多大峡谷第三大漂流公司Arizona Rafting Adventures老板。1960年开始从事漂流事业；1969~1971年在Outward Bound负责漂流项目的创立与发展；1974年自己筹建Arizona Rafting Adventures，在科罗拉多大峡谷开展漂流运动。

Ralf Buckley

澳大利亚Griffith大学环境应用科学学科教授，国际生态旅游研究中心负责人。研究课题包括：旅游探险、生态旅游、公园管理、旅游和保护、旅游者的影响。曾3次参与中国西部河流的考察研究。

纳明辉

中国户外运动、漂流探险爱好者。从事户外运动25年，1996年开始参与漂流，至今漂过雅砻江、怒江、金沙江、澜沧江、牛栏江、把边江等江河。

汤建忠

中国户外运动、漂流探险爱好者。从事户外运动19年，2004年开始参与漂流，至今漂过雅砻江、怒江、金沙江、澜沧江、牛栏江、把边江等江河。

李洪海

专业摄影师。深圳著名电视主持人。

吕宾

山水自然保护中心影像协调员，从2006年开始，组织“乡村之眼”参与式社区影像记录项目，并在2008年组织“我们是主角”四川灾区社区影像记录，得到多家媒体的关注。

史立红

“野性中国工作室”创始人和制片人。史立红与丈夫奚志农共同拍摄制作的纪录片《神秘的滇金丝猴》获英国“自然银幕电影节”TVE奖，这是中国的野生动物纪录片迄今为止在国际上获得过的最高奖项。她拍摄的记录片《怒江之声》曾在保护虎跳峡运动中起过重要作用。

金沙江发源于青海境内唐古拉山脉的格拉丹冬雪山北麓，是长江的上游。长江江源水系汇成通天河后，到青海玉树县境进入横断山区，开始称为金沙江，流至云南境内后，在丽江折向东流。金沙江全长2316千米，流域面积34万平方千米。

此次漂流就是在金沙江上的一段河流。漂流队先抵达丽江古城，路经虎跳峡，在大具盆地下水（大具盆地位于金沙江中游，长宽各约6千米），途径梨园大坝，最后结束于宁蒗的阿海。

漂流缘起

4月4日 | 丽江古城 | 金沙江上最后一次漂流

我们准备漂流的这段“大拐弯”将要建起大坝，截断江流，所以我们这一次可能是“最后的漂流”。

丽江古城

2009年4月4日上午10点，王石在丽江机场下了飞机，将野外背包和摄影包塞进一辆小车，急忙赶往丽江古城。对于这次行程，他心里有些没底：到底值不值得来这里花上7天时间？

这位万科房地产董事会主席、中国最有名的企业家之一，把大量业余时间花在登山、滑翔上。9年前，他登上了珠峰；7年前，他登完世界七大洲每个大陆的最高峰。这次他刚从新西兰登山回来，原计划马上去长白山，但有人邀他来丽江会合，一起漂流金沙江。他犹豫再三后修改了计划，改道来金沙江。

漂流在中国是新鲜事，特别是野外漂流，更何况是在中国最险的江上。除了20年前轰轰烈烈的“长江漂流”，这条野性难驯的江上很少听到漂流的消息。王石的探险活动一直在山上、天上，却从未下过水，这次盛情难却到了此地，心里却仍怀疑：真值得来这一趟吗？山上与天上的探险他心里有数，却从不知漂流是什么样子。即便漂流真很有趣，他也不想把太多的时间用到登山之外的“杂务”上；如果这次漂流并不有趣，只是跟旅游差不多的水上游乐，那就更糟了。

曾强

他到了丽江古城，十几个人在路边的一辆大巴士上等着他。他登车一瞧，悔意立生：只见车上老少妇孺，一应俱全：最大的估计超过60岁，最小的居然有个十来岁的小女孩儿。这哪像他平时身边那些粗犷的登山伙伴，完全是一个家庭旅游团嘛！

他心里疑虑更深，但还得满面笑容地和大家打招呼。领头的北大吕植教授早就认识，再回头一排排地看过去，找到了一些朋友。他先看见了牟正蓬，她原是央视主持人，做过有影响的电视节目，热爱户外活动，是他一起登过山的“山友”。牟正蓬向他介绍身边一位40多岁的男士：“这是我先生曾强。”

王石惊讶地说：“曾强是你先生？”原来，王石与曾强前几年就相识。曾强是实华开电子商务公司主席兼首席执行官。作为中国网络信息界著名的创业者和知名学者，曾强在10年前连续两次被《时代》周刊评为中国新经济精英，同年还被世界经济论坛选为“百名未来世界领袖”。

曾强与牟正蓬刚刚在美国登记结婚。王石对牟正蓬说：“我知道你刚结婚，但听说新郎是个阿拉伯人嘛，怎么成了曾强？！”

一车人爆笑。

左上　王石
右上　在山泉客栈的合影。来自各行各业的人组成了漂流论坛，这时船长们已经在江边做下水的准备。
下图　牟正蓬

文大川

车子向60千米外的虎跳峡开去，这支漂流队将从虎跳峡之后的江段下水。王石仍然转身向着车后，手扶座椅靠背向车内的人打招呼。

他身边是一个美国小伙子，长着大胡子，名为Travis Winn，中文名为“文大川”。文大川是漂流专家，是这支漂流队的队长，虽只有27岁，但因为那部大胡子，看起来老成很多。也因为这部大胡子、白晰的脸及忧郁深沉的眼神，漂友们说他看起来像耶酥。

“哟，你也来了！”王石跟朱云来博士打招呼。朱云来是气象学博士，喜欢自然，以前跟王石一起爬过附近的哈巴雪山。朱云来笑道：“我一直追随你的足迹，早在这里恭候了，没想到你却来晚了。”

王石的“山友”李星坐在车厢中部。李星是成都一家成功的房地产商，在王石的感召下，义务做环境保护事务。王石当时是阿拉善生态保护协会会长，李星任副秘书长。这次因王石来漂流，李星也跟着来试水，比王石早一天到达丽江。

李星后面坐着邓中翰。邓中翰是纳斯达克上市公司“中星微”董事长，全国人大代表。他领导研发的“星光”系列“中国芯”，结束了“中国无芯”的

邓中翰

李星

历史。与本漂流活动的组织者吕植一样，他也是几年前的“全国十大杰出青年”。这次漂流半年后，41岁的他成为中国最年轻的中国工程院院士。

其他人就不熟悉了，吕植为他一一介绍：中国社科院的郑易生老师，环保人士马军，来自成都警校的摄影师李宏，金沙江边的农民葛全孝，还有更多其他的人，王石下了也记不过来。

大巴进入虎跳峡前的山路，坐在前排的吕植拿起话筒，回身对大家说：“欢迎大家的加入！我们这次漂流有两个特点：一是认识自然、享受自然。金沙江正处于变化之中，我们要漂流的这段‘大拐弯’将要建起许多大坝，截断江流，所以我们这一次可能是‘最后的漂流’。我们在她的自然美消失之前来认识她，并争取成为她的代言人，保护她。第二点，大家一起来创建一个河流上的‘乌托邦’，一起劳动，共同生活，把自己在社会上的身份放下，既不是‘老总’，也不是‘教授’，也不是什么‘著名人士’，把这些东西抛开，回归到纯真的、纯粹的面对大自然的‘自我’。总之，我们

左侧是金沙江支流水洛河进入金沙江的交汇处。水洛河流出的黄色浑水，后来经考证，是正在施工的水洛河上的电站导致。水洛河是作为梨园等金沙江电站淹没珍稀鱼类的产卵区的支流替代生境的方案。虽然当时梨园电站还未通过环境影响评价，但是作为替代生境的水洛河的梯级电站已经规划并截流。

曾强手持T恤，上写："你的探险，可能会拯救一条河流。"

活动的初衷是：感受自然，感受你同伴的智慧、故事，分享彼此的知识，并在自然面前人人平等。"

王石听到这番话，不安的心情平静下来。他后来说，吕植的话就像心理医生的治疗一样，一下让他安详沉静下来，隐隐觉得这次活动必有深意与不可预知的惊喜。

吕植让文大川也说几句。文大川有些腼腆，不善言辞，他很简练地用汉语说："我们这次的'交流'，不仅是指人与人之间，还指人与金沙江之间。我们要珍惜这段将消失的河流，珍惜她的水流、岩石、景观，还有江边的文化、居民的家园。"他让大家看他的白色短袖T恤，正面是两行字：

"自由江河　自在生活"

他转过身，后背上有一幅漂流图案，下面还有一行英文，意为："你的探险可能会拯救一条河流。"

这句话一下印到许多人心里：自己这次漂流探险活动，可能会对这条处于危险中的河流有所帮助。兴奋情绪像清新的山风吹进车窗，让大家活跃起来。

孙姗

吕植身边的孙姗站了起来。她是组织者之一、北京“山水自然保护中心”执行主任。她说：“我们实际是一次极少见的‘论坛’——漂流在金沙江上的论坛。参加者是各个领域的专家：生物多样性、气象、漂流、地质、环境、当地少数民族文化，其中许多朋友与金沙江有很深的渊源。金沙江中上游因为大坝建设，令自然景观、地质、环境、文化和当地居民受到影响。我们一路漂流下去，观察、讨论，看能产出什么成果，以保护我们的母亲河。”

一阵掌声“啪啪啪”快速响起，是12岁的小姑娘曾天依高兴地拍起掌来。天依是曾强的女儿，活泼聪明，懂礼貌，虽然刚与这些叔叔伯伯阿姨姐姐认识不久，但已深得大家的喜爱。

小天依兴奋地想象着在大江中漂流的场景，但自己到底能不能漂还悬着呢。她小小的心里早就翻江倒海好多天了：到底要不要漂？到底要不要漂？这问题折磨死人了！

天依是北京一零一中学的初一学生，父母离婚后，她跟着母亲生活。这次爸爸曾强来漂流，鼓动天依也来参加。“翘课”对这个优秀学生来说可谓开天辟地，但爸爸把漂流说得那么刺激，那么好玩，又让她静不下心来。她与妈妈商量，妈妈坚决不同意，既不想让她到风高浪急的金沙江上冒险，也不想让她落下功课。小姑娘经不住探险的诱惑，再三央求妈妈，但妈妈不松口。有天晚上，天依睡不着，快半夜了还愁眉不展，在房间里走来走去，想着功课，想着妈妈，想着那遥远的金沙江，最后终于下了决心，在一张纸上写下：“妈妈，我特别、特别、特别想去漂流！”这才安然睡去。

第二天早上，她在上学之前，把纸条悄悄放到桌上。

妈妈见她这么坚决，只好同意她跟爸爸和牟正蓬阿姨去丽江看看，最好在丽江过两天后立即回京上课。她仍没有答应女儿去漂流。大部分人认为漂流充满危险——20年前的长江漂流死了好多人。

到了丽江，已是出发去漂流的前一天晚上10点钟，天依仍然犹豫不决。一伙大人于是围着她，叽叽喳喳做她的思想工作，就像一群老鹰围着一只小鸟。

牟正蓬曾与文大川父子一起漂过澜沧江，也曾在雅鲁藏布大峡谷探险，知道自然探险活动对一个人的成长具有积极影响。她鼓励天依作出自己的决定：“你现在面临一个选择：你要成为比一般人优秀的、不一样的女孩呢？还是只想做一个学习好、跟大家差不多的学生？”

天依微笑着，不说话。

吕植说：“你要是能漂流，可就成了金沙江漂流史上最年轻的队员！”

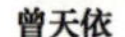

曾天依

吕植

曾强大声对女儿说："来，扔个钢镚吧，看运气。"

吕植虽说是个教授，但童心烂漫，喜欢凑热闹，一闻此言，立即凑到天依跟前："要扔钢镚吗？没钢镚，咱们抓纸条吧。"

她撕了一张纸条，两手握在一起，然后握拳分开说："我这个纸条在哪个手里？你猜，猜对了就漂，猜不对就不漂！"

天依说："右手。"

吕植伸开右手，纸条果真在手心。

"哈哈哈！"大家都笑起来。

吕植说："天依，你就服从'天意'吧。"

天依仍然微笑不语。

曾强说："不要担心功课，如果老师批评你，你就说'我漂流比在学校学的知识更多'。"

天依像是下了决心，说："反正我还有三年的时间补回来。"

牟正蓬说："一个月，甚至一个星期你就能补回来。但这种漂流的经历呢，你三年也不会有一次。"

天依又对爸爸说："我要补功课的话，你要教我啊。"爸爸是清华数学系毕业，天依很佩服爸爸。

曾强说："当然啦！"

天依说："我现在特别不会三角形的外角，我特别擅长同旁内角、内错角。"

牟正蓬说："我都会教你外角内角，内角和不是180度吗？"然后与天依讨论起"内角"、"外角"来。天依说："我知道外角是什么概念，但一做题就懵啦。我特别聪明，所以你别忽悠我。"

大家又笑起来。

但第二天去虎跳峡的路上，天依又踌躇起来。她是个懂事的孩子，不愿让妈妈生气。

因为虎跳峡山路险峻，大家在虎跳峡前下了大巴，换乘三辆小面包，进入峡谷，最后住进了峡谷中的"山泉客栈"（山泉的老板娘后来去世了）。一有手机信号，天依立即给妈妈打了个电话，妈妈还是不松口。小姑娘左右为难，最后做了个折中方案：在7天的漂流中，她只漂4天，在中间上岸，与公务繁忙的王石等人一起提前离开。做完决定，她才轻松一点，将心思放到明天开始的漂流上。

悬崖突兀，江水如镜，天空低矮，这里的自然原始朴素。

虎跳峡紧急

4月4日｜山泉客栈｜讨论建坝

你看这里的山水——这么美的自然，大坝一建就全破坏了。

漂流队伍住在山泉客栈。

漂流队住的山泉客栈在中虎跳附近的核桃园村。虎跳峡位于云南西北部，金沙江往南奔流到丽江石鼓以东，突然以100多度的急转弯，掉头甩开与它并行的澜沧江和怒江，折向东北，形成了极为壮观的“V”字形长江第一湾。然后，奔腾的金沙江切穿玉龙雪山和哈巴雪山，冲刷出全长约16千米的巨大峡谷。汹涌的江水距两岸山顶3000多米，形成世界上最深最险的峡谷之一。虎跳峡分上虎跳、中虎跳、下虎跳，两岸壁立千仞，如刀削斧劈，而谷底江水奔腾咆哮，怒涛激荡，令人惊心动魄。江面仅宽60~80米，最窄处只有30米，传说有虎一跃而过，因而得名。

虎跳峡的壮美风光吸引了大批国内外背包客来这里徒步旅行。而其上下落差196米，也成为水电开发商争夺的目标。

在水电规划中，这个长江第一湾——虎跳峡流域的“一库八级”梯级水电站，位于长江上游金沙江的中游江段，西起云南丽江石鼓镇，东至攀枝花市的雅碧江口，长564千米，落差838米，将整个金沙江中游都圈进了水电开发范围。

空中俯瞰的虎跳峡（摄影：陆江涛）

如果在虎跳峡建起大坝，金沙江江水将从虎跳峡淹至上游200千米迪庆藏族自治州奔子栏附近，约10万民众将被迁移，约20万民众的生活受影响。这一段流域河谷坝子都将被淹没，损失耕地20万亩。

这是世界上最壮丽的自然景观之一，但是，因为即将来临的水电工程，危在旦夕的虎跳峡成了很多人的伤怀之地。漂流队中的马军在2004年第一个通过发表文章将虎跳峡大坝的消息捅出来。

2004年下半年，马军、吕植、葛全孝、郑易生、孙姗等当地居民、学者、记者、环保工作者向社会发出呼吁，要求决策部门正确处理眼前和长远利益的关系，将“长江第一湾——虎跳峡”地区宝贵的遗产留给世界，留给子孙后代。《南方周末》刘鉴强和同事的报道《虎跳峡紧急》，将水电公司非法建电站的事情曝光，令“虎跳峡大坝”一时成为公众事件。国务院领导看到此篇报道后，责令调查，令当时一库八级电站中已非法开工的金安桥电站停工，同时也令“一库八级”水电规划搁置。刘鉴强也在这次漂流队伍中。

但5年过去，虎跳峡又陷入危急之中。尽管由于公众的强烈质疑，八个电站

虎跳峡之上的长江第一湾。如果修建虎跳峡大坝，长江第一湾地区和上游200千米的20万亩良田将被淹没。

作者刘鉴强和夏山泉

正在建设中的电站

的第一个——计划建在虎跳峡的龙头电站迟迟不敢定址，但下游又有几个电站非法动工。

山泉客栈是依山而建的红色二层木石楼房，面临虎跳峡谷，峡谷对面是直插云霄的峭壁。江水的咆哮声隐隐从深深的峡谷里传来。客栈主人夏山泉热情地接待客人们。夏山泉45岁，个子不高，穿一件黑色抓绒衣，戴一顶鲜红的线帽，满面笑容。他左手残疾，右手拿一个数码相机，很快活地给大家拍照。

夏山泉可是个名人。1983年，峡谷里交通不便，乡亲们要买米买盐，得徒步两天翻山进出。他开了个小客栈，既卖日用品，又给进出峡谷的人提供食宿。1986年，“长江漂流队”来漂虎跳峡，他接待了一个星期，并作导游（这次金沙江漂流队员、地质学家杨勇就是当年的长漂队员，在此住了好久，当年与乡亲们很熟悉）。后来，慕名探访虎跳峡的国内外游客越来越多，很多人向他打听漂流的惊险故事，语言成了障碍，他开始自学英语。澳大利亚来的游客玛佳到了这里，不想离开，于是1997年和夏山泉结婚。这个故事被国内外40多家电视台播出。现在他的客人大部分是国外背包客。

刘鉴强在2004年曾来采访虎跳峡大坝的事，这次故地重游，问夏山泉道：“这里的乡亲愿意建大坝吗？”

夏山泉说：“当然不愿意！谁想改变自己的历史？谁想让自己的生活变坏？他们水电公司想赚钱，就可以随意破坏大自然，随便破坏我们的生活？你看这里的山水——”他一指家前的大山与峡谷，以及峡谷前层层碧绿的梯田，“这么美的自然，大坝一建就全破坏了！”

大家在几位当地妇女的带领下，三三两两沿梯田下山去看虎跳峡的急流。

白墙黑瓦的民居建在山腰上方，下面是碧绿的梯田，世世代代的人民都这样生活。不知眼前这幅天人合一的画卷还能存在多久……

一行人相约去看虎跳峡急流

虽然水声近在耳边，但最快也要半个小时才能走到水边。一位40多岁的傈僳族妇女名为张文青，下山速度很快，漂流队员跟不上了，她就停下等一会儿。可能嫌这些城里人走路太慢，她走得无聊，从身边摘下一片树叶放在口中，吹出《洪湖水浪打浪》来。有队员听得有趣，紧紧跟在她后面，也摘一片叶子放到口中，但憋足了气也吹不出音来，只好叹口气扔掉。

等张文青清亮的口哨声渐渐淹没于"轰轰"的水声时，就到了峡谷底部。但见峡谷掐着金沙江的脖子，将碧绿的激流约束于窄窄的河床上，河床与河边遍布大石，江水冲击石块，翻出白浪，发出隆隆巨响。

张文青站在一块崖头的巨石上，指着江水对面峡谷底一个凹进去的岩腔说："1986年9月，来虎跳峡的洛阳漂流队在虎跳峡死了人，没死的郎宝洛就掉在那个山洞里，救了十来天才救出来。"

金沙江虎跳峡以下大具——金安桥江段岩石陡峭，崩塌发育，图为河床上由于崩塌作用形成了密集的重力险滩。

祭酒，长漂

4月4日晚 | 山泉客栈 | 回忆长漂

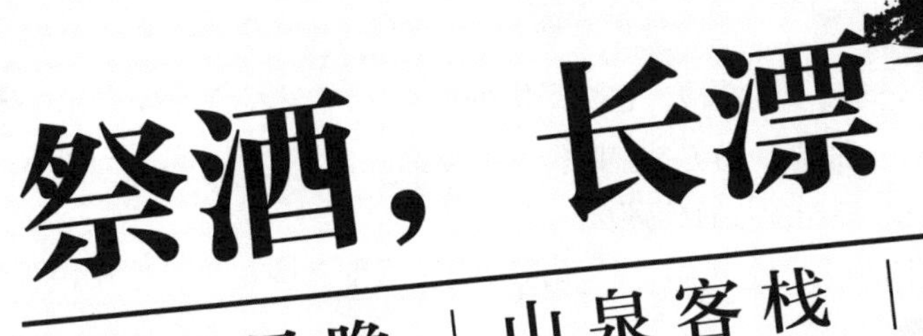

只听到密封船里“咚咚咚咚”地响，肯定人在里面翻来滚去，估计已经被打昏过去了。

大家陆陆续续回到山泉客栈，在院子里拼起桌子，一边吃晚饭，一边听杨勇讲当年漂流长江的故事。杨勇是中国资深的漂流人，当年组织过第一次集体长江漂流，在1998年又组织过雅鲁藏布江漂流。

杨勇50岁，四川人，个头中等，显得敦实，头发有些花白。他慢慢讲起故事：

1985年，国防部长张爱萍到美国访问，有美国人提出想到中国漂长江，并要买下长江的首漂权，张爱萍答应了。美国人于是和国家体委签了协议，首漂权的价格是90万美金。西南交通大学的摄影师尧茂书听到消息，觉得长江应该由中国人来首漂，于是他来虎跳峡查看了一下，在社会上进行呼吁，同时希望得到国家体委的支持，但都无功而返。他就孤身一人从长江源开始漂流。他漂完沱沱河和通天河，就开始进入金沙江的第一个峡谷通迦峡，在那里沉船遇难。那个峡谷很险，一个人漂肯定要出事。

尧茂书是首漂长江的英雄，当时全国反响很大，很多热血青年给《四川日报》写信，要求再漂长江，为中国人争气，这里面就有我。我们几个有地理、地质科学背景的青年人希望通过漂流，对整个长江流域进行考察，因为长江还没有一个完整的档案，没有科考报告。我们在成都做了些募捐，但钱很少。后来我把中国科学院成都地理研究所的所长和中国科学院成都分院的党委书记说动了，以科学院的名义给四川省政府写了个报告。省长批示说“这个活动很有意义”，指示四川省7个部门，包括成都军区、公安厅来协助。当时，全国有700多人写过信，我挑选了七八个人，到成都军区步兵学校进行特种兵的素质训练。训练的同时，国家体委向四川省提抗议了，说已经对美国承诺了首漂，现在体委非常被动。他们想做我们这帮人的工作，但肯定不行啊，那时候……

这消息透露出去了，北大有帮学生到外交部和国家体委去游行，四川这边的学生也说，国家要压制自己人首漂，他们要游行闹事。后来出了个折中方案，选我们这帮人里面三个人加入美国队，名为“中美队”，当时内定了包括我在内的三个人。领导找我们谈话，说美国这边待遇很好，装备非常好，每天还有三百美金补助。

那当然很诱惑人！我们3人中有一个准备接受“招安”，我和另一个说什么都不干。当时我们还有一帮四川省武警总队派来的战士，带队的副参谋长说：“如果你们要招安，我这批武警战士都不干，他们都要漂！搞出事来，大不了我就不当兵了！”

杨勇

长江漂流——科考队（摄影："长漂"队员）

这个副参谋长也是挺有血性的！这样一来，这个折中方案就失败了，于是我们成立了指挥部。这时候河南洛阳来了一帮人，想参加我们队。我们不要他们，他们于是自己成立了一个队。现在变成3个队了——美国队、中国队、洛阳队！那个时候空气紧张得很！我们这边的资金还没有，后来以科研课题的名义向中科院要了10万元。我所在的攀枝花矿务局的青年人捐了六七千块钱。

资金支持不到位，但美国队已经到了，太紧张了！而且四川的大学生们情绪激动，如果半途而废，这些大学生可能要上街了。成都军区派了一架专机，把装备和军用物资搞齐。于是我们在1986年5月13日草草出发。美国队也是5月底到达长江源，他们装备好，如果我们出发就落在他们后面，那是搞不赢他们的。到了长江源以后，洛阳队也到了。我们的队伍庞大，40几人，太乱了。我们虽说没钱，但洛阳队比我们条件更差。

漂到金沙江，真正的探险开始了，我们组建敢死队，队员自愿参加。许多武警和公安人员报名，但这个名单报到上面，公安部不批，说武警和公安人员一个也不准上。公安部主要是怕出事。后来敢死队员全是社会上的志愿人员。

科漂队待发的漂流船只（摄影："长漂"队员）

要漂通迦峡，气氛相当压抑，因为尧茂书就是在这里遇难的。队员情绪不安，洛阳队在旁边骚扰，后来又有美国人赶来，前后夹击，真糟糕。

我们心情沉重，到江边准备船，大家都不说话，静悄悄的，下午四点多下水，漂到晚上，上岸把营地一扎，也不说话，都想，也不知第二天这时候是不是还活着。尧茂书的阴影一直压在我们心上。

第二天我们进了通迦峡，通迦峡的峡口也是一个个急弯，当你看清楚那些险滩的白浪以后，根本就停不住船了，只有冲下去。我们一下去就是一个小跌水，幸好没有翻船，过了跌水，大概有3千米左右的江面全是乱石，非常锋利的乱石，很尖，江面像煮开了的锅一样，爆水！

但我们稀里糊涂就过了，过了以后我们不知道，以为下面还有呢。没过一会儿，看见我们的接应人员在岸上冲我们欢呼："呀，你们怎么冲过来了？！"我们才知道过了。一上岸，当地老百姓杀羊庆祝。我们在这里没翻船是太幸运了，我估计尧茂书就是在这里遇难的。

我当时画图，每漂完一个，我就画个滩位图，平时也画地质灾害图。我还每50公里取个水样，我这个船的后面全是水桶啊。队员都火了，把我的水桶扔了："这么危险，还采什么水样啊你!"

通迦峡一过，我们士气大增："通迦峡都过了，那下面都是小菜了！"从此见滩就冲啊，根本就不事先察看了，哈哈哈。后来到了卡松渡峡谷，就是从

当年的科漂队员给漂流船充气
（摄影："长漂"队员）

漂过通迦峡（摄影："长漂"队员）

长江漂流探险队十人敢死队闯过尧茂书遇难的金沙江鬼门关——通迦峡，右1侧脸者为杨勇。（摄影："长漂"队员）

四川石渠县进入德格县的一个峡谷。两岸是原始森林，峡谷非常窄，我们冲到里面，前面有一个滩，几千米外就听到轰轰的声音。完了！我们知道危险，但两岸太陡，船靠不了岸，船也停不下，没办法，那就冲吧！冲下去才看见，那浪像小山一样高，一下就将后面那只船掀翻了。

我那只船比后面的船要好一些，划船避浪配合也好一些，所以没翻。看后面的船翻了，我们就想调头去救，但一调头就失衡，我们也翻了。好在两只船上的10个人全抓住了船帮。按照漂流的规则，最好是赶快爬到船底上，把它翻过来。但我们没劲了，爬不上去。我试了几次，根本就翻不上去，只好漂下去，估计漂了30千米。我对旁边的人说："我们再不弃船上岸，今天死定了。"

后来到了一个大回水区，我看这是个机会，如果在回水段都跑不了的话，再冲下去，今天就没戏了。我们使劲踩水，把船拖到回水区。再一看，回水区的江面上漂的全是我们的帐篷啊、睡袋啊！我还掉了一支手枪，那是政府发给我的。相机也掉了。

上岸以后才觉得冷。我的天啊，冷的不得了！至少半个小时说不出话，忙着打哆嗦。我们全去找大石头抱，太阳刚刚晒过的石头能取暖。再一数人，10个人只有7个，那3个呢？悬了，不知道哪去了。等大家缓过劲来，我们再看江面的情况：两只船都在回水区里漂着。这么说那3个人可能提早弃船了，第二个可能是冲到对岸去了。那时候我们去救也没有力气了，先把能打捞的东西打捞上来。帐篷冲走了，我们把船拖上来扣到岸上，钻到里面避风取暖。哎，结果两个小时以后，那3个人陆续回来了，原来他们早就弃船了。

第一次翻船，士气影响不大，但装备损失很大，吃的冲光了，船桨断了，划船的家伙也没了。第二天我们把两只船拴在一起，随它冲，冲到哪算哪。我们找了几个树棒棒，要碰到石头的时候顶一顶，翘一翘。第二天本来计划休息一天，我们也说算了，不休息了，第二天一早就往白玉县漂。我们听说白玉境内有一个卡港滩厉害，当年十八军进藏的时候，用木筏子渡金沙江，结果木筏子全给打散了，那个地方最危险。结果我们漂到那儿，洛阳队也到了。水流很急，把两只船拴在一起，用绳子拉着，慢慢往水里放，结果有两只船拽不住，把我们的手划出很多血，船冲走了。这下只剩洛阳队的一个密封船、一个敞篷船、我们队一只敞篷船。这3条船上共18个人。

但总算还是过了这一滩。第二天，就进入仅次于虎跳峡的这一段，也就是"叶巴滩"。这是在巴塘县境内，大概有50千米的江段。后来我们才了解，整个金沙江，第一险是虎跳峡，第二险就是叶巴。我们身体素质强、技术高的8个人坐敞篷船，3个水平不好的人装在那个密封船里，想保护这3个人。结果我们在叶巴滩口翻了：有个瀑布很深，是个6米深的大台阶，它跌下去后形成了一个卷皮浪，把我们打在里面。我们敞篷船上的人只好弃船，但密封船里的人出不来啊，我们只听到密封船里“咚咚咚咚”地响，肯定人在里面翻来滚去，估计已经被撞昏了。

我们脱船的人也非常危险，下面还有很多巨浪啊。我都不知道自己是怎么上的岸，我们大家有的在江边上岸，有的在江对面，等我们会齐，已是3天以后。密封舱里的3个人就没了，再也没见到，尸体也没见到。密封船7天以后冲到巴塘的接应点，但只是一条打烂的空船，人都不见了。

我们上了岸，全是裸体，衣服全被激流扯走了。当时谁也不知道别人在哪里。我上了岸，在石头上冻了一夜。第二天，在沙滩上发现了杨斌的鞋。我很纳闷：按道理说，这个时候有鞋子是很幸福的一件事啊，我就没有鞋嘛。杨斌为什么又把鞋留在这里？妈的，是不是他上来后，绝望了，又跳江了？

我认为他是自杀了。第3天我们才聚在一起，我问他，他也说不清楚。当时全糊涂了。那个峡谷很深，望对面的山要用力抬起头。我们得出去啊，没的吃，没衣服，在这荒无人烟的地方呆下去肯定得死。我们现在四川这边，于是开始爬山。爬了一半，还没有看到村庄。看对面西藏的山上有耕地的痕迹，那里可能会有村落。

我们又下山来，强渡金沙江。这已经是出事的第5天或第6天了。当时强渡金沙江，现在想来都不可思议，太危险了。但当时没出路了，否则只有饿死。我们游到对岸时，几个人被冲散到几千米之外。聚齐后再往山上爬，爬了两天。这时已是落水后的第8天了。这8天里没粮食，我们吃什么呢？——我吃过树叶，在山沟里掀开石头，找下面的蜗牛吃，反正能吃的都吃了。后来终于碰到一个藏族老太太，她住在放猪的棚子里。当时我们遍体鳞伤，用树叶遮着下身，像是野人。我们比比划划，语言不通。她在煮野菜喂猪，我们说：“别喂猪啊，我们先吃吧。”于是我们围着那锅，像一群猪一样将头扎在锅里，“呼哧呼哧”，一会儿就把猪食吃光了。

第二天这个老妈妈就不见了，也不知道咋回事，反正我们也没劲走了，就呆着吧。第二天晚上，她把他儿子带过来了。他儿子能说简单的汉语，原来这是在西藏贡觉县。这段时间，公安部通知沿江两岸武警、老百姓搜索，她儿子带我们找了个地方，到我们落水第12天时，我们终于被接到四川巴塘。

当时3人死亡、8人失踪，是个大事件。各界压力很大，中央政治局委员胡启立有一个批示，大意是说，如果不具备条件，可以放弃漂流。指挥部举棋不定，但我们这帮年轻人不干，一定要漂完!我们连夜起草了一封长篇电报，花70

多块钱发给胡启立。效果很明显，中央又要海军和交通部为长漂提供帮助，于是又鼓起了队伍的士气和指挥部的信心。我们紧赶慢赶，有些江段放弃了，就是要赶到虎跳峡，主要怕美国人比我们早到虎跳峡。

到了虎跳峡，才得到一个消息：美国人在我们出事的地方宣布终止漂流。还很友好地通知我们，送我们一部分漂流装备，让我们到巴塘去取。我们派人派车去取了一艘船。这下我们压力就小一些，后无追兵了。

美国队在漂通天河时，他们的摄影师因高原反应引起肺水肿去世。他们士气大减，漂到叶巴，在我们出事的地方，也是翻了船，有被冲到四川这边的，有冲到西藏那边的，找了好几天才找到。于是他们宣布终止漂流。我记得美国队负责人肯·沃伦当时说：“看来我和长江还得好好谈一谈。”他漂过全世界很多河流，来中国之前，气势很猛，但没料到长江这样野性。他那句话的意思是，面对长江，他还没做好准备。

到了虎跳峡，现在是两支中国队竞争了。洛阳队比我们先漂了上虎跳。这时压力主要来自媒体，那么多记者盯着你，天天问你“敢不敢漂？”洛阳队于是先漂中虎跳，结果出了事，死了人……

美国队在叶巴险滩遭遇挫折，放弃了漂流。（摄影：“长漂”队员）

我们9月14日漂了上虎跳后，就准备漂中虎跳，就是这山下。我们两队暗着争，看谁先漂过去。我们要争啊，当时全国人民都关注，60多家媒体在虎跳峡这儿等着。

结果洛阳队先漂了。现在来看，漂虎跳峡根本不科学，完全是玩命，但那时候我们不懂啊，认为漂流就是要一段不落地漂，“我们自己的母亲河，不能让外国人先漂”。再加上媒体的煽风点火，我们“国家队”看中虎跳太危险，迟迟不漂，结果被媒体骂得狗血喷头。洛阳队就先漂了，他们知道危险，不敢用船，弄了个密封舱，两个人坐进去。但虎跳峡水流太急了，刚下水，密封舱就打破了，两个人被打出来，其中一个可能当场死亡，遗体都没找到；另一个人就是郎宝洛。我在岸边跟着跑，亲眼看到船被撕成两半，他被打入水里，最后被冲入对面玉龙雪山那个岩腔里。

我手里拿着冲锋枪，就把一梭子弹全打出去了，报警。但没人听到。我赶快回到这个地方，核桃园，告诉一个姓罗的老乡，让他去报信。

郎宝洛到了那个岩腔里就再也出不来了。他身后是悬崖，身前是急流险滩，又冷又饿。这里的人设法营救，但水流太急了，救生筏根本划不过去。昆明军区派了一架直升机来，但直升机也没办法。

我们想办法给他送食物，让这里扔石头最厉害的老百姓给他扔过去，但太远了，扔不到。后来我想了一个办法，做了一个大木架，把一些轮胎内胎剪成条，绑上，做成一个巨大的弹弓，十几个人往后拉，给他把食物发射过去。打不准，但打上一通，总有能打进岩腔里的。

几天以后，洛阳队的队员用船从上游划到对岸去，再攀岩到岩腔的上方，把一个云梯放下来，把郎宝洛救了出来。他在那里被困了5天4夜。

第二年，郎宝洛在漂流黄河拉加峡时遇难。

成功闯过虎跳峡后，长漂队员一鼓作气，连续完成金沙江下游的漂流，并且对中上游由于失事而留下的部分江段进行了补漂，过川江、越三峡、下长江，于11月26日漂流至长江出海口。

大家静静地听着。以前都听说漂流危险，但从没真正想过后果。杨勇的故事让气氛有点紧张。

杨勇说：“这20多年来，包括一位美国人，共有11位勇士在漂流长江时遇难。今天是清明节，我们端起酒来，将第一杯酒祭给他们。”然后将杯中的酒洒在地上。

上图　密封船里的长漂队员（摄影："长漂"队员）
下图　漂流中虎跳时，洛阳队的密封船被巨浪打破，郎宝洛遇险玉龙雪山一侧的悬崖下。（摄影："长漂"队员）

你为什么来漂流
4月4日晚 | 山泉客栈 | 漂流的意义
女主人一边在炉火上给我烤鞋，一边说坝要建了，水电公司的人都来测
量了……3个外国人先后听她说了这事，就坐在那石头上放声大哭。

大川在广西用单人艇漂落一个瀑布——他曾经得过青年单人艇比赛的冠军。（摄影：米哲）

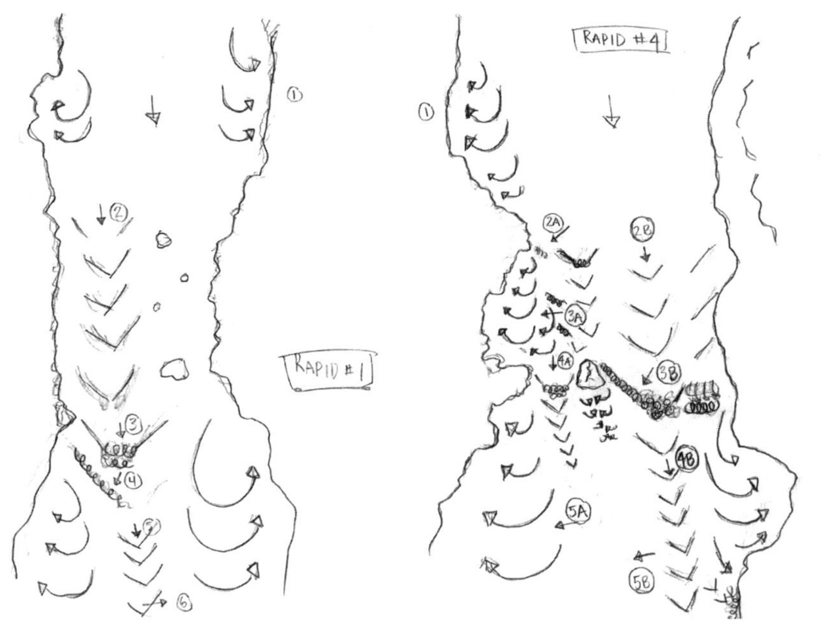

队长文大川为此次漂流所画的2张“读水”图

曾强问杨勇：“我们要是翻了船，应该怎么爬上来？”

大家骂他：“你这个乌鸦嘴!”

杨勇笑道：“翻船是很难避免的。但我们这一次有世界一流的装备、世界一流的操桨手，安全没问题。另外，这个江段很美，我们漂流200千米，将看到世界上最美丽的峡谷、漂过最美丽的河流。

最大的滩级估计是四级左右。滩分六级，越高越难。六级一般来讲就是跌水和瀑布，而且是连续的。像美国那玩单舟的从瀑布冲下去，也就是冲一级，如果下面还有连续很多险滩，那就不能冲了。我们这次漂的，可能有几个滩达到了四级，一般来讲都是三级滩。”

牟正蓬插话说：“杨勇老师是漂流英雄，经历的是大风大浪，所以他的故事让大家有点担忧。你们听一听我的经验就会安心了。2004年，我和文大川一起漂流澜沧江，我滑一个双人皮划艇，结果在一个三级滩上翻了。我没觉得有多么可怕，因为有救生衣，我还抢了一个座垫，戴着头盔。水虽然很冷，但不至于让人抽筋。我被冲进一个回水区，在里边打转。岸离我有10米左右，但我游不过去。后来一个独木舟过来，把我拖出回水区。

大山雄伟壮丽，雾霭缭绕不绝，这里堪称世界上最美丽的峡谷。（摄影：陆江涛）

金沙江虎跳峡口的虎跳石，是哈巴雪山一侧大理岩崩落江中而成的重力险滩。而因为同样的地质作用，在16千米长的虎跳峡中，分别有上虎跳、中虎跳和下虎跳。

“还有，漂流队凡事都做充足的准备工作。我跟他们学到一个词，叫read water，就是‘读水’。要是遇到比较凶险的地方，大家就沿江观察，甚至研究上两个小时，‘阅读’江面，分析险滩：水流是什么样？中间有块石头，我们从左边还是右边漂才能避开它？把线路图画好，判断危险系数到底有多大。如果我们认为出事的可能是10%或者20%，我们可以闯一闯。但如果出事的可能超过了30%，就放弃。还要考虑船翻了后，人落水后怎样？会是good swim 还是 bad swim。我翻的那次就是good swim，也就是‘幸运落水’，因为我落的回水区是平水，不会被激流冲到石头上；‘糟糕的落水’，指的是会被激流冲到石头上撞伤，或者遇到往下的漩涡，一下把人拍到水下。这样分析好了以后，大家就有各种应急方案。比如预料到极可能落水，就会有人提前在前面等着，一旦落水，就把你捞上来。另外我们还有一个独木舟，就是专门来营救落水者的。”

说到这里，大家心里宽松了一些。

篝火点起来了，火劈里叭啦响着，将一圈人的脸照得红红的。吕植给大家

在河流上旅行，不仅能分享江河旅行的快乐，更能了解河流的价值。

出了个题目："你为什么来漂流？你有什么期望？"每个人讲几句话，也借此让不熟悉的人们相互认识。

天依最小，大家要她开头。天依在这么多大人面前毫不怯场，像在课堂上发言一样站了起来。大家笑了："坐下说。"天依坐下大声说："我爸漂流过，他告诉我漂流好玩。我希望玩得好，希望长江水坝不会建。"

大家都被她逗乐了，使劲给她鼓掌。

牟正蓬说："我是被文大川所感动而来的。大川希望让更多的人来漂流，通过漂流去感受这么美好的江河，那就留住她吧，不要毁了她。大川一个外国人为我们的江河奔走呼吁，我有一点能力，有一点良知，也应该尽我的力量。所以我希望多忽悠一些人来，于是我就把王石、我先生、邓中翰和朱云来忽悠来了。他们都是大忙人，都是在最后一分钟才决定要来。并不是我打动了他们，而是咱们这个活动的理念和大川的精神打动了他们。我希望更多的人分享江河旅行的快乐，更多的人了解到江河生态环境的脆弱，更能了解河流的价值。"

朱云来："我算半个气象学家，对地理感兴趣，以前开车走过很多地方。我希望有漂流这样一个体验，对自然有更多的了解。"

李宏说："我以前是警察，现在警察学校教摄影。以前也解救过被拐卖的妇女，处理过事故，搞过刑侦。1998年参加了杨勇组织的雅鲁藏布江漂流，一下子就着魔了，爱上这个活动。后来参加很多漂流活动，用摄影记录漂流。在我认识大川之后，发现中国和西方对漂流的认识不一样：他们漂流更倾向于享受、体验自然，而我们更多的是英雄主义。我热爱漂流，就想投入进来。在目前这个社会，一个人有点事业心不容易；作为一个男人，有点事业心尤其不容易……"

他的话引来哄堂大笑。

葛全孝说："我是金沙江边的农民，也是县里的人大代表。我为什么参加呢？因为参与者里面有我的朋友，比如马军、郑易生老师和刘鉴强，他们为我们保住虎跳峡做了很多重要的工作。这次活动能有这么多人集中在一起，对我们的江河保护工作将起到重要作用。但我这几天要参加县人代会，县人大主任不同意我参加这次活动，说：'不行，天大的事也没这个会重要。'我对他说，这个漂流可能会对我们这个地区的保护有好处，再说远方的朋友来了，我要不去，也对不起朋友。我对漂流的期望是，在自然中感觉我们人性的自由，并通过这个论坛，给漂流一个更环保、更科学、更有利于江河保护的解读。"

马军说："我20世纪90年代中期写了一本《中国水危机》，一直关心水问题。2004年，我和商务印书馆的编辑萧亮中交流，他的家乡就在金沙江边。他告诉我，虎跳峡要建坝了。我于是来到虎跳峡，那天大雨，我全身湿透，住进一个客栈。女主人一边在炉火上给我烤鞋，一边说坝要建了，水电公司的人都来测量了，这边的山石都要炸掉，去堵江水，也就是大江截流。也有国外徒步者问她，她也这么告诉他们，3个外国人先后听她说了这事，就坐在那石头上放声大哭。我问了一句：'有没有见中国人哭过？'她笑了笑，显然是没有。中国从50年代到现在建了86000多座水坝，是不是我们对破坏大自然已经彻底麻木了？回到北京以后，我和萧亮中一起在'环境记者沙龙'上讲了这个情况，引起很多人关注。后来我们研究知道，虎跳峡对水电界来说是异常关键的水坝，这是金沙江开发的核心，是龙头水库，效益很大。但它同时对环境影响极大，存在很多问题：比如破坏生物多样性及世界自然遗产、地质灾害风险，更关键的，还有葛全孝大叔他们10万移民的问题。

“现在这个地区面临着几乎完全的摧毁。我们一些环保组织和环保人，包括吕植、杨勇等人，做了一些事，来保护这条河。今天来漂流，就是现场看一下情况，和新朋老友交流；另一方面呢，就像文大川说的，我们应该来感受河流，不要只是坐在办公室里研究数据。河有生命，我们应该很好地感受它。”

李伟怡是个女孩子，原来在一家地产公司工作，后来认识了文大川，便辞了工作，与大川一起组织漂流。她说：“我去年认识文大川时，问他：‘你为了在中国漂流，经常从大学逃学，为此上了6年大学还没毕业，你到底是为了什么呢？’”

“大川回答说：‘我想带更多的中国人看他们的母亲河。’这话出自一个外国人口中，我很震撼。我做中国人做了这么多年，从来没想过这个问题，好像母亲河跟我一点关系都没有。去年年底，另一个美国小伙子Adam，中文名叫‘米哲’，来与大川一起工作。米哲的父亲是美国第三大漂流公司的老板，但他自己没去做商业漂流，而是跑到中国来帮大川实现他的梦想。今年一月又多了一位19岁的美国志愿者Alex，中文名字叫‘王啸天’，也是出于对江河的爱好，来做不收一分钱报酬的志愿者。大川想带动更多的中国人参加，但他汉语水平有限，与中国人交流不便，我就辞了工作来帮他。”

邓中翰说：“我小时候生活在南京，就在扬子江边上。我以前在美国念书的时候，跑遍了美国的国家公园，现在我经常闭着眼睛想起那些壮观的风景。这次曾强对我说，这一段金沙江一年后就可能不存在了，要建大坝了。哎呀，我可不希望再也看不到这一幕了，所以我来了，来到我们的母亲河看一看，让她的形象永远留在我脑海里。”

孙姗说：“我从小特别幸运，有机会接触自然，虽在北京长大，但参加少年宫的植物组、动物组，每年暑假寒假去山里，对自然很有感情。但现在城里的孩子这样体验自然的机会少了，都参加奥赛去了。我上了北大以后，做植物、动物方面的研究，但发现大学课程设置完全泯灭你对大自然的感情。后来到美国念书，好像失去了那种与大自然间的感情纽带。2002年，吕植从美国回来，建立自然保护组织‘保护国际’中国办公室，我跟她一起回来。当时觉得挺好，又可以做自己感兴趣的事了。但做了5年后，觉得有一点迷失。国际组织做自然保护特别有规矩、特别职业，但并没有让我把与大自然的感情纽带重新建立起来。2006年，大川组织怒江漂流，我先生李波参加了，回来后非常受触动。以前他跟我处境相似，做环境保护事务，但每天就是在办公室里写项目建

左上　河边的渔民——葛全孝抓起正在晾干的河鱼。
右上　李伟怡，江河记录者
下图　王啸天

议书之类。漂流回来后，人就不一样了。你觉得自己在做环保，在保护自然，可你的工作往往脱离了自然。2008年7月，吕植和我建立了本土民间组织‘山水自然保护中心’，我们的目的之一也就是要回归自己，回归自然，与这次漂流、这次‘江河上的论坛’的目的一样。人跟自然之间的纽带是割不断的，今天在路上，我跟好多队友聊天，发现每个人跟自然都有感情，只是平常没机会表达。这次我们来到金沙江上，就是要感受与自然的关系。”

吕植最后说：“为什么会有这次金沙江漂流呢？因为几年前大川跟我们谈起江河，想为江河保护做点事情。真正关心江河并一直在努力的人，实际人也不多，马军、郑易生、刘鉴强、葛全孝、萧亮中都是活跃在这个领域的人。江河是个大问题，好像凭这么几个人也做不了太多的事，但江河的命运又让人非常痛心。其实我们最大的心愿是：怎么把我们的想法变成大家的想法，让很多人都来关注。所以，这次才请不是这个领域的诸位参加。”

轮到杨勇了，他说：“我们的河流处于生死存亡中。现在主宰我们河流的那些决策者、开发者，对河流的认识远远不够。他们认识不到河流的功能、河流的生命——河流有比水电更大价值的东西。我们对河流的开发、利用是按照传统的理念来做，这种传统的做法已有了沉重的代价和血的教训，在发达国家，人们对此已有深刻的反思。但为什么我们还做不到这一点？我经过多年对河流的逐步认识，感到一种紧迫感——现在开发的势头太猛了。同时我感到，机会还是有的，我们可以考虑用什么样的有效行动来影响这种态势。我希望这次漂流是中国漂流史上的里程碑，大家一边漂流，一边对严峻的问题进行梳理。我们谈河流保护谈了许多年，但还没有引起决策者和利益集团的重视，我们要把这些问题梳理清楚，在这个基础上，找出下一步保护河流的清晰思路。”

郑易生说：“在大坝问题上，我和社科院的那个机构研究了多年，发现了

郑易生

一个公式，就是‘ABCD’：A是政府，B是公司，C是本地老百姓，D是生态，也是子孙后代的权益。我发现结论就是：AB双赢，CD倒霉。我们中国本来最会走新路的，但发现我们老路走得比别人都狠！我非常悲观。但我们这里的人都是真性情的人，有侠义心肠的人。这些人一起在自然中泡上这么几天，思想碰来碰去的，也许就能碰出一条新路来？我就是抱着这个希望来的。”

安徽的地产商陈淮军夫妇到得最晚。陈淮军40多岁，矮矮胖胖，爱笑，一笑起来，两只眼睛就找不到了。他说：“我跟王石去新西兰登山，听说有这个活动，非常高兴，我一直想来看看金沙江，因为我们安徽的长江和淮河太脏了，我就想来上游看看纯净的水。我觉得几位专家说的太沉痛了。过去我在安徽淮南市，它的煤炭储量占全国煤炭储量的17%，我看到了开采煤炭付出的代价，危害和污染要比建个大坝严重得多，在那个城市，人下班回来洗头，水全

陈淮军、王道美夫妇在打包

是黑的。所以我个人觉得在金沙江建大坝比采煤发电好得多。中国要解决生存问题，这是核心。我们讨论的重点应该是在建坝以后怎么去解决生态问题。这是我个人的理解，说得不对，请大家原谅。”

大家对他的看法完全理解。这也是官方和大多数公众的看法，将水力发电和火力发电相比，水电似乎更清洁。但在座的大多数专家恰恰看到，如果无序地大建水电，其后果甚至比煤电更严重，而对土地的侵占、对当地居民利益的伤害、对环境和生物多样性的毁灭性打击，是无法逆转的。而这些悲剧已在中国上演，受伤害的是无人代言的老百姓和大自然。专家与政府和公众应该加强交流，这也是漂流队邀请不同领域的人们参加的原因。

不知不觉间，篝火由熊熊火苗变为暗红的炭火，夜已深沉。

第一次下水

4月5日早上｜水上｜初探金沙江

浪越来越大，浪花打在脸上，眼睛都不敢睁开时，就只有闭紧嘴巴，拼命抓着绳子，恨不得自己像一颗锣丝一样，紧紧铆在船上。

第二天一早，大家离开山泉客栈。夏山泉前一天去了丽江，他的家人请大家在留言本上题词，曾天依写道：“山泉长留！”表达她对这条大江的祝愿。

车很快将大家送过下虎跳。站在路边山崖上往下看，但见两山耸峙，金沙江从山背后奔腾而出，“轰轰”鸣响。小雨如丝，阴云压顶，两边山头隐入云中。大家想到马上就要下江漂流，不由有人兴奋，有人忐忑。

车继续前行，很快到了大具盆地，路边变成一大片平坝，黄绿相间的小麦一直平铺到远处阴云没顶的山下。大家就要在这里开漂。

等到了江边的崖头上往下一看，有人不由惊喜地喊出来：“看啊，我们的船！”只见深深的山谷里，碧绿的金沙江流向远方，在江对面的水边，泊着6条漂流船，两白、两蓝、一红一黄，虽然看起来非常遥远，但像一只只花瓢虫，鲜亮醒目。大家背起行李，谨慎但急切地下山。山是野山，荒草遍地。此处属干热河谷，虽是春天，但草枯黄。雨似乎要下大，大家雨衣、帽子齐上阵，又背着沉重的行李，不一会儿就热汗淋漓。

吕植笑道：“有人看了黄历，说清明宜出行，看来是天意。清明下雨也是好兆头，播种的时候有点潮湿是好的，种子容易发芽。”

另一位响应道：“是啊，对干热河谷来说，还有什么比下点春雨更好呢？”

大家来到江边，跳上一只铁皮船，摆渡到对面。

那些船老大们正在等着大家，这些船老大有文大川的父亲Peter Winn、美国小伙子米哲和他父亲Rob Elliot、美国小伙子王啸天Alex、来自澳大利亚的大学教授Ralf，还有另外两名来自昆明的船长纳明辉、汤建忠。王啸天和Ralf一人划一条独木舟，算是救援队。

在大队人马从丽江奔赴虎跳峡的时候，船长们把所有装备从丽江运到金沙江边，组装船，已经辛苦一天了。

大川和李伟怡在水边向大家讲解注意事项。大川说，漂流时大部分东西要装到半人高的大防水袋里，绑到船上，以防打湿，只有晚上上岸宿营时才能打开。日常用的相机、防晒霜、润唇膏、水瓶、笔和笔记本之类，可以不放在大防水袋里，但也必须装进个人的小防水袋，拴到船上，以防打湿或落水。因为几天的行程中都没有手机信号，所以手机干脆放大防水袋里。那个大防水袋并不容易密封，要有点技巧。大川教大家如何把身体趴到袋子上用力压，把里面的空气排出，然后密封。后来的许多天里，大家为了把自己的许多家当装进去，每天与那大防水袋艰苦地搏斗。

上图　时空穿越到几十年前，这里走的是马帮，岩壁旁边就是茶马古道遗迹。这也是古老的渡口。

下图　下水点旁边

左上　等待船到河对面下水点
右上　漂流的技术指导（从左到右）：王啸天、Ralf、纳明辉、Rob、米哲、汤建忠、Peter、文大川。
下图　装船

漂流队伍水边合影

大川又给大家讲解安全事项，比如要注意船上的绳子，绳头都要绑牢，否则脚被缠住可不是闹着玩的。身上的救生衣要系得紧紧的、牢牢的，“紧得刚刚能喘动气。”否则落到水里，松松垮垮的救生衣不起作用。

最重要的是船长们演示落水后的营救动作。一个船长坐到江水里，大川将救援绳抛给他，将其拉过来，再把他拉上船。这里面有许多动作要领：落水者要先持坐姿，脸冲着水的下游，脚放前面，以防脑袋撞上礁石；救人者将救援绳扔给落水者，落水者接到绳后，不要游泳，而是将绳拉到肩头，背对救人者采取仰泳的姿势，救人者再将其拉过来，这样可避免落水者的口鼻呛水；最后将落水者拉到船边，船上的人要抓住落水者的救生衣，自己仰身后躺到船上，将对方拉上船。如果救生衣很松，救生衣拉上来了，人却溜下去了。这也是必须系紧救生衣的原因之一。

一大群从未漂流过的“菜鸟”聚精会神地看着，大家都明白，在这条大江上漂流几天却不翻船，几乎不可能。后来这些营救知识果然都派上了用场。此

即将启程。第一次打包的过程极为缓慢，大家要把所有怕水的东西打入防水袋。这些个人装备和所有器具、厨房、厕所、食品都固定到6条漂流船上。

大川教大家如何打包

是后话，暂且不表。

大家先在江边吃午餐。船长们准备得很周到，带来了当地的馍，大家饱餐战饭，准备开拔。闲聊中，曾强说，他与牟正蓬已在美国登记结婚，五月份在北京还将举办一个婚宴，到时请大家赏光。

刘鉴强说："你们何不在这金沙江上举办一次婚礼？在漂流船上，山川、日月作证，又有这些朋友的祝福，可是千载难逢的机会。"

此话一出，曾强笑了，说："是啊，Why not？"（为什么不呢？）

刘鉴强说："只要你们夫妻同意，我们大家来操办。"

曾强去找牟正蓬。刘鉴强就去找吕植，悄悄把这主意说了。吕植是个爱热闹的人，一听此言，立刻眉开眼笑，马上去找李星："快用你的手机查查，哪天是黄道吉日。我们给曾强和小牟在江上办婚礼。"

船长们在教授各种营救方式。

初次尝试单人船的王石，练习翻船后用腰的力量，人不脱离船而翻转过来，发现并不容易。

李星拿出手机一查，说："4月7日宜嫁娶。"那就是后天了。

大部分人急不可耐地上船，也有些人犹豫不定，拿不准穿什么衣服。社科院的郑易生老师年纪最大，64岁，对自己的身体略有些不自信，穿少了怕冷，穿多了怕热，一时踌躇不定。后来还是多穿了一件。

等大家开拔，已是下午一点钟了。上船的地方正是一处平静的回水区，大家上了船，解开船绳，6只船加两个独木舟顺江缓缓而下。大家大呼小叫，兴奋不已。

吕植问警察李宏："你漂过多少次了？"

"几十次吧。"

"翻过船吗？"

"当然翻过。"

"害怕吗？"

"第一次害怕，因为船翻了，把我扣到里面。"

另外一边，有人问王啸天有没有翻过船。他笑道："翻过，上个月在这金

第一天的漂流，大家都从头到脚武装，防水衣的扣子扣到顶上。后来和水亲密接触后，增强了安全感，就少有人再如此庄重地着装了。

沙江里，把一个美国教授扔水里了。”

此处水波不兴，金沙江如一面碧绿的明镜。船桨在宁静的水面上拍打起一朵朵白色浪花，两侧青山不住滑出视线，却又层出不穷。大家没想到金沙江居然如此平静优美，翻不翻船暂且抛到脑后了。文大川的船上，孙姗、马军、李伟怡、刘鉴强等人不由唱起《让我们荡起双桨》，歌声悠扬，在江面上飘开去：

“让我们荡起双桨，

小船儿推开波浪……”

其他小船上的人们接唱起来，歌声此起彼伏，与桨声、碧水、青山合为一体，不由令人心神俱醉。

但没过多久，便听到远处“轰轰”的水声，前面有险滩！

除了像虎跳峡那样因峡谷过窄而形成急流外，险滩往往由两岸落石形成。因地质变动或风化，山崖崩塌，石头跌入河中，河道中乱石密布，水流冲撞明石暗礁，形成险滩。所以漂流必须明判水路，避开礁石，顺水深较大的主流而下。但read water（读水）是一方面，船长的技术是另一方面。难度大的险滩情况复杂，急流、瀑布、暗礁连续不断，船长必须眼明手快，船速、用力、角度等各方面要求极高。

大家船与船之间拉开距离，逐一进入险滩。到了此处，大家才体会到什么是漂流：急流冲泻，船被高高顶起，随即被抛下，像是跌下深谷，旁边船上的人甚至根本看不清这只船在哪里，似乎船已落入水底。但一秒钟之后，船又被巨浪抛出。大家紧紧抓着船边的绳子，起初随浪颠簸时，还兴奋地“啊啊”大叫，但浪越来越大，浪花打在脸上，眼睛都不敢睁开，只有闭紧嘴巴，拼命抓着绳子，恨不得自己像一颗锣丝钉一样，紧紧铆在船上。一个大浪劈头盖脸打来，虽然穿着防水衣防水裤，但丝毫不起作用，水顺着脖子流下去，立马全身湿透，一股股水从裤腿里流出来。好在船有自动排水功能，不至于留在船舱里。但水流太大，一时半会儿也排不净，大家就像站在澡堂子里一样，水没到脚面以上。

冲过险滩，无一人落水，大家欢呼雀跃。但立即便感到寒冷难耐。今天阴雨绵绵，水温很低，身上湿透，的确够难受的。郑易生老师虽说多穿了一层，但衣服越多，身上越湿，不由怀疑起自己的决定来。

好在到了平水区，大家轮流替船长划桨，既做练习，又能暖身。

小船刚滑过如镜的江面，大浪就如一只凶猛的白狮，迎面扑来，队员们紧紧抓住绳索，生怕被大浪卷走；只有船长，手持双桨，左冲右突，在猛水中杀出一条路来。

文大川的漂流故事

4月5日 | 队长文大川的船上 | 一个外国人在中国的母亲河上漂流

我想为澜沧江、为反大坝做一些事，但是做不下去，不知道该从哪里做起。

文大川和他的父亲Peter

在漂流队长文大川的船上，大家要大川讲讲他的故事。他缓缓而谈：

我爸爸出生在辛辛那提。爷爷是军医，驻扎在德国、日本等地的美军基地。爸爸从小跟着爷爷到处跑。他最后在加州读高中，参加了户外俱乐部，那个俱乐部里，除了他全是女生。教练对我爸爸说："你跟我去漂流吧。"爸爸从此漂流，我们家就与江河有了缘分。

爸爸后来在斯坦福大学学心理学。爷爷希望5个儿子以后当医生，我爸爸是老大，应该读完心理学后进医学院，给4兄弟带个好头。但1968年的反战运动中，爸爸不想上大学了，退了学专门去漂流。他进了米哲爷爷的公司当漂流向导。早在1849年，加州就在美洲河上首先发现了金矿，从此很多中国人被征来淘金。这是中国人移民美国的开始，这条河也是美国漂流运动的发源地。

后来，米哲的爷爷觉得便宜了这些漂流向导，那么美的河流，那么美的风光，天天在那么美丽的地方生活，还管吃管住，这工作多好玩啊！不必发薪水了！

没了薪水，我爸爸不干了，便和那位高中教练合伙开了漂流公司。没有本钱，他去求我爷爷帮忙，爷爷说出钱可以，但有一个条件：必须把4个弟弟培训成向导！这样才公平。

他们5兄弟到了科罗拉多大峡谷。第二次世界大战期间，美军在湄公河上用充气浮桥，我爸爸买了这些二手货，用铁架子固定在一起，就做成了22英尺（约6.7米）长的漂流船。爸爸是在大峡谷第一个用充气橡皮船的。

爸爸那位合伙人是虔诚的摩门教徒，老是劝他入教，他受不了压力，最后又回到米哲爷爷的公司，仍在大峡谷开展业务。他对地质很感兴趣，有一次带一位地质博物馆的教授漂流，那教授劝他回大学学地质，于是爸爸进了北亚历桑那大学，那大学在大峡谷边上，方便漂流。

他在那里认识了我母亲，我母亲也是学地质的，从没漂流过。爸爸不带她漂流，因为女孩子嘛，要是跟男朋友漂流，就会事事依靠男朋友，不能主动、独自认识江河。他让她跟着自己公司的漂流向导们去，母亲临走时，爸爸想："如果她不与其中一位小伙子谈上恋爱，那就是好样的。"你知道，漂流是浪漫的事，男女青年很容易在漂流中相互爱上。爸爸希望母亲专注于河流，只与江河谈恋爱。她真的做到了！

后来爸爸又培养她当河流向导，她第一次当商业漂流的志愿者向导，是跟我爸爸的同事们一起去的。同事们很大胆，让她独自划一只船，刚开船没多久，客人跟她聊天："你当漂流向导多长时间了？"她回答："5分钟!"

我爸爸很不喜欢漂流界对女姓的歧视，他特意穿上女孩子的衣服，第一个培训女孩子当向导，后来在他负责的公司，女向导占了40%。

我母亲后来成为水地质专家，在美国地质调察局工作，她利用漂流考察地质，在这个领域，她也是美国最早的女性。她1974年买了一只13英尺长的橡皮艇，一直用到现在，30多年了。

我1984年在盐湖城出生。我说不清我与漂流的关系，我还在妈妈肚子里时，她就带我漂流了。我记得有一次盐湖城下大雨，街上都是洪水，父母就用独木舟带着我在街上划船。后来搬家，科罗拉多河有一条支流，就在我们镇子边上，你知道小孩子玩的那种秋千吗？妈妈把一个小秋千放在船里，把我放上面，她划船，秋千一荡一荡的，我就这么开始漂流。

我们夏天去漂流，冬天滑雪。我5岁时，爸妈把我带到科罗拉多大峡谷，让我漂了一小段。我七八岁时学会了自己划，等10岁时，独自在一条河上漂了几天，那里水不大，但我还是翻船了。我并不害怕，但翻了以后，开始对自己的技术产生疑问，是不是自己有问题？我父母带我划时从没翻过船。

金沙江上的Peter（掌舵者）

到了11岁，我不再划那种橡皮艇，开始玩独木舟。但是我学得比较慢，那时的船不适合那么小的人学习，而且老翻船，水太冷，我很不喜欢。我14岁时，独木舟的设计有了很多革新——这种革新一直持续到现在，现在每个星期都有新的设计出品。1997年我13岁时，自己划船漂科罗拉多大峡谷，那一次大大增加了自信心。我渐渐觉得，漂流不只是一种运动，它也是一种生活方式。我特别喜欢父母的朋友，我崇拜他们，他们经常讨论怎样通过漂流保护河流。我5岁的时候就把他们写进自己的故事里。

我喜欢一本书，Edward Abbey的The Monkey Wrench Gang，写美国西南部有一群人，把破坏生态的水坝炸掉，他们有点叛逆。我知道，科罗拉多大峡谷上面有一个大坝，我就一直想，怎么样才能把这些破坏自然和生态的东西解决掉？我上学的时候， 有一天老师希望学生们打扮成自己喜欢的人，我就穿得像那本书里的一个科罗拉多国家公园的官员，戴牛仔帽，带着一把大扳手，那扳手可以用来搞破坏，破坏那些建设公司的机器。

美国中小学要求学生做很多科学项目，我做的所有项目都是瞄准大坝和它带来的环境损害，它把我们美丽的自然破坏了。一直到长大了，妹妹和我聊天，我们还幻想说，等我们八九十岁的时候，开着飞机冲下去把这个坝炸掉。当然，后来我不再这样想了，也竭力反对这种事，那是不现实的。

我14岁时开始比赛，16岁在一个全国独木舟比赛中得了第三名。就在那一年，我跟爸爸第一次到了中国。

我爸爸对中国一直有兴趣，改革开放后，机会来了。他带麻省理工学院的地质学教授Peter Molnar在犹他州漂流，这位教授研究青藏高原，当时与中国科学院有合作。青藏高原的研究是很热的话题，特别是东南亚与喜马拉雅的关系。两人商量，因为陆地上很难看到喜马拉雅地区的地质断层，不妨通过漂流来看一下。

他们申请了基金，本来1989年10月来中国，但因为一些原因，没成功，而且损失了一大笔钱。1993年，中国科学院一个项目邀请他们，他们后来每一次的漂流活动，最大的科学成果是把画的地质地图交给中国科学院，因为原来的地质地图都是从飞机上取得的。后来我爸爸不断来中国，后来的漂流有时就变成纯粹的科考之外的探索。到了2000年，我16岁，爸爸把我也带来了。

那一次很糟糕，很不高兴，因为我高山反应，拉肚子，第一次出国就那么累，很不舒服，觉得不是那么有趣。

2002年底，我到美国西北海岸的俄勒冈念大学，因为那附近有些江河可以漂流。2003年，我又一次来中国，这次感觉不一样了，我喜欢上了中国。我爸爸自己的考察活动被取消了，四川的伙伴告诉我们，甘孜阿坝的河特别有意思，但不适合用大船，要用独木舟才行。爸爸想让我去探索那些河，于是给我付了钱，我来负责，那是我第一次全权负责漂流，觉得特别有趣，同时也是第一次跟中国人一起做事情。我记录下水的地方，上岸的地方，地质情况，河边有多少寺庙，那种成就感让我很高兴。

漂流间歇，我有3个星期在成都，经常在游泳池教中国朋友怎么划独木舟，但是我不了解中国，没想到有那么多中国人对这个感兴趣！没想到有那么多人喜欢户外，而且是我的同龄人，觉得不可思议，那时我不会说中文，想立即回美国学中文，然后尽快回中国，所以我回美国6个月后，又回到了中国，其实我很想念中国的朋友们，我觉得他们在等着我回来，我不回来就对不起他们。

我回来和爸爸、一些美国人、日本人，还有牟正蓬漂流澜沧江。中间我们徒步经过山里的村庄，我是第一次看到这样的生活方式，给我留下了深刻的印象，有的地方很美，但村民的生活很困难。我们走到刚修好的马路时，发现附近的村子发生了很大变化，垃圾很多，我意识到，公路带来的变化不一定是好的。

2004年时，我没有上大学，到成都呆了6个月学中文，先在西南民族学院学，后来觉得不怎么样，就自己找到了个老师。一个人在那么大的城市，没有什么朋友，自己特别不开心，很压抑，想学中文，但是在四川学中文很困难，效果不好。

Peter在检查漂流队员和救生衣是否穿得够紧。因为如果落水，救生衣不够紧会在游泳和施救时脱落，有生命危险，因此，这是一个重要的细节。

那年回家很不开心，觉得到中国太难太艰苦。但又想，自己花了那么多精力学中文，不回中国继续学习，也是浪费了。我也认识了一些中国朋友，中国人很热情，欢迎我下次再来，让我觉得这里有我的友谊，觉得还是必须回中国，所以每次不愉快地回到美国，接着就想下一次何时去中国。2004年5月，麦可婷给我发邮件，她当时是伯克利加州大学的博士生。她也是漂流向导，要去云南怒江写她的博士论文，我说："太好了！"我们一起琢磨怎么漂流。我还通过另一个美国学生知道了中国西南建水坝的事。

我一直关心水坝的事，我听说澜沧江要被淹掉，就想把一些中国研究者和环保NGO请来，大家一起漂流，认识江河。不仅是澜沧江，其实金沙江、怒江、黄河，几乎所有中国的"母亲河"都在变化。我们应该反思一下这种变化。

我以为漂流必须要有许可证，于是坐夜班车到保山，打车去旅游局找局长。局长问我想做什么，我说我想漂澜沧江，我爸爸10年前漂流过这个江段。听说现在要建电站，马上要淹了，我想最后漂一次。他说那里有一座彩虹桥，是马可·波罗记载过的，要淹掉了，他觉得很遗憾。

碧绿的金沙江水安静祥和，
似乎也在倾听大川的故事。

这是我第一次经历政府这些程序，以前我爸爸都是通过合作伙伴来做这些事，但我发现有些人做手脚，爸爸每一次都亏很多钱。我觉得在中国要做事，首先必须自己掌握一切。

2006年的1月，我在四川漂雅砻江，发现漂的那个江段上要建4个坝，就在贡嘎山西部的那一段，没想到他们速度那么快！我想做些事情，但是很艰难，我开始抽烟，特别不健康，特别压抑，每天早上起来后不知道该做什么，虽然有很多人支持我、帮助我，但我觉得我答应自己和别人的事情太多了，我答应自己办好澜沧江这次漂流，我答应学校写出这里的考察报告，我答应请中央电视台来报道。我想为澜沧江、为反大坝做一些事，但是做不下去，不知道该从哪里做起。我后来告诉自己，我不干这些事了，回到我家乡的河谷漂流就够了，为什么要做我那么不善做的事情。这里是中国，不是我的家乡，我不会成功的，没必要再浪费时间。

后来澜沧江漂流成功了，环保人士于晓刚和李波参加了漂流，我很崇拜他们。我想，如果能这样的话，我就不用在美国上大学了，这些有趣的学者可以给我教育，我可以一边学习一边漂流，一边做环保，对我来说那是很理想的状态。

我回美国上大学的时候想到，2005年是长江漂流20周年，可不可以安排一批美国人和中国漂流爱好者一起漂流，不是比赛，而是一起去享受这条河。于是，我邀请了一些科罗拉多大峡谷的漂流向导，在2006年7月到了青海玉树，在那里碰到了杨勇。我们准备下水的时候，杨勇过来看了我们的设备，和我聊了几个小时。当时我并不知道他就是当年长漂队的，他建议我们继续漂下去，直到金沙江。我看他当时的神态，似乎不相信我们在做什么科学考察，就是一帮漂流游客而已，哈，他没看错。

漂流中国

涉险“麻风滩”

4月5日 | 船上 | 冲过“第一滩”

大川手持双桨左冲右突，忽然一阵大浪将船急速推向右岸，离一块大石不过一米距离，眼看要撞礁，危机关头，似乎从船底冲出一股大浪，一下将小船高高托起，左低右高，好像翻将过来，大川用力将桨后拉，小船涉险而过。

听到大川的故事，有些漂友不由想起昨晚曾强说的话：

“杨勇故事中的那个场景，在我脑海里挥之不去：几个勇士用密封舱在虎跳峡漂下去。我似乎看到他们顺着长江到了太平洋，然后去了美国，转世成大川。大川又回到中国来，就像他T恤上写的，用自己的探险来拯救金沙江。他就像白求恩一样，为了中国的环保事业，不远万里来到这里。”

在另一艘船上，杨勇正给大家讲解金沙江：

横断山区有许多大江：怒江、澜沧江、金沙江、雅砻江、大渡河、岷江。“三江并流”是指怒江、澜沧江和金沙江，这个地带已被列为“世界自然文化双遗产”，因为它在生物多样性、地质多样性、文化多样性方面有突出的地位。这些河流在生态、地质上有非常重要的意义，比如说我们这次漂流的金沙江这一江段，在地图上呈现“Z”字形大拐弯，这个大拐弯使金沙江和澜沧江、怒江分道扬镳，拐弯后向东流到中国东部。这次我们漂的虎跳峡以下这一段，是“Z”字的第二个拐弯，近200千米，因为玉龙雪山和哈巴雪山夹峙，形成了世界上罕见的峡谷地貌：第一，峡谷很深，有3000多米，是世界上最深的峡谷之一；第二，有丰富的地质地貌景观。这段峡谷主要由石灰岩组成，在水流的作用下塑造出非常特殊、具有科研价值和观赏价值的河谷地貌。还有，这一段由于山高谷深，人烟稀少，如果开展漂流项目，可以与丽江、香格里拉这些世界级的景区相呼应。这里除了虎跳峡这一段不适合漂流以外，其他江段都很好。从大具下水后，虽然河床陡峻，但比较匀速，险滩分布也比较适合，节奏感好，往往冲过险滩以后就进入一段相对平缓的水流。滩的级别也不是特别高，一般是三、四级，漂流的感受非常不错。这几年，大川在这个江段多次漂流，找到了一些扎营地点和观赏段，都给漂流增添了乐趣。

漂流的季节最好从2月到5月，因为这是枯水期，水位低，水量适合，峡谷的很多景观可以看到，一些沙滩也露出来了，可以做营地。再往上游去的通天河也很好，属于幼年河谷，在巴颜喀拉山一带沉积岩、砂岩上切割出很多弯曲的峡谷地带，风光优美，险滩等级也适合漂流，另外，沿岸还有丰富的藏文化和寺庙。怒江这一段，文大川他们这几年也多次漂流，很不错，在探险、观光、人文等方面都丰富多彩，但怒江现在面临水电开发问题。金沙江同样如此，从攀枝花以上规划了8座电站，除虎跳峡和两家人电站没有动工外，其他电站都在开发（注：环保部叫停）。这些电站一旦建成，整个河段的水文态势和滩险态势都要发生根本变化，也就没法漂流了。从地质、地貌、峡谷形态、峡

"菜鸟们"在水平浪静之处练习划船

谷深度、水文和漂流者感受各方面来看，金沙江这一段是其他江河不能比的。按目前这种建设态势发展下去，不但漂流资源将会丧失，珍贵的河谷地貌和地质景观也将丧失。

大家漂流了4个小时后，逐渐适应水上生活，在水平浪静之处，大家轮番划船。朱云来高人一筹，外表儒雅，倒是最有冒险劲头，第一次漂流，居然掌舵冲过了几个滩，安然无恙，大家都"哇哇"称赞。

下午5时，又听到前面"轰隆隆"的水声，此处险滩名唤"麻风滩"，将是今天最大的挑战，被队友们称为这次漂流的"第一滩"。船长们将船划到江边，弃船上岸，将船拴在石头上，然后爬到险滩前的一处大石头上查看水情。尽管他们上个月刚漂过此处，但水情时刻变化，每次冲滩都必须仔细观察，以求万全。

这是个四级滩，但麻烦的是两个急滩相连，而且需连续拐弯，比较复杂。大川和船长们严肃地看着水流，一边用手比比画画，分析路线和角度。

船长们在高处读水

他们面对的最大问题是避开急流下隐藏的一块大石，但如果太偏离江水中心，又怕急流将船冲向岸边的山崖。船长汤建忠对大川说："我们利用那个暴起的边缘冲下去，再过下面那个滩，就有一个很平的地方，我们到了那里再把船掉头拉过来。"他所说的那个"暴起"，就是指那块水下的巨石所在的地方，水从石上流过，又快速冲下去，形成小瀑布，所以看起来像暴起一般。他们观察、商量了十几分钟，大家再次上船，拉开距离，冲了下去。

大浪如一只只凶狠的白狮，暴跳如雷，迎面扑来，打得人睁不开眼睛。除了船长，其他人都不知道做些什么，只是紧紧抓住绳索，生怕被大浪撕下船去。大川手持双桨左冲右突，忽然一阵大浪将船急速推向右岸，离一块大石不过一米距离，眼看要撞礁，危机关头，似乎从船底冲出一股大浪，一下将小船高高托起，左低右高，好像翻将过来，大川用力将桨后拉，小船涉险而过。船上众人大声欢呼，但尖叫声立即被淹没在巨浪声中。

过了险滩，大川毫不懈怠，在一处回水区中稳住船只，凝神观察其他船只。如果翻船，他即可驰援救人。但见其他5只小船一个个在惊涛中安然而过，大家都在水上欢呼起来。大川站在船上，用右手拍三下头顶。其他船长也以同

朱云来极有探险精神，第一次漂流，居然敢在险滩掌舵，最后安然过滩。

小船刚冲上浪头，立马又被卷入水底，好像没有任何招架之力，任急流随意颠簸。

漂流结束，船只停靠在水边。

样方式回应。这是江河上的旗语，因为相隔太远，喊话听不到，大家就用手势问讯。如果对方不以轻拍头顶回应，就说明遇到了麻烦。

“麻风滩”以下风平浪静，船长们也放下桨，让船顺流而下。有人问大川：“船朝右边的岩壁撞过去，好像要撞上了，然后又‘哗啦’一下拐回来，很惊险。你就是那么安排的线路吗？想过一下瘾？”

大川说：“其实我不想到那个地方，但不知道为什么就被冲过去了，应该是犯了个错吧。这条河对我们很友好，不友好的话，我们可能会翻船。如果有人告诉你说，船翻不翻完全靠技术，那他肯定在骗你。我觉得技术只占百分之七八十，其他是依靠你对江河的感受和运气。今天如果运气不好，我们就翻了。”

有人说：“我们是来保护这条江的，她怎么能那么不友好呢。”

大川说：“所以才要来接触她，和她交朋友。”

下午6时，大家到了宿营地。这是江左一处平缓的沙滩，江滩以上处处大石。大家在船边排成一队，将防水袋、液化气罐、锅碗瓢盆、桌椅板凳等一一传递上来。大川选了一块平地做厨房，将所有的厨房用品搬过去。船长们和杨勇等有经验者来不及换衣服，先为大家准备晚饭。其余众人冻得哆哆嗦嗦，个个钻到石头后面换下湿衣服。等干衣服一穿上，身上暖和舒服了，然后将一顶顶红帐篷搭起。

一顶顶红帐篷在岸边扎好。

洗手工具

杨勇、李星、李宏等一伙能干的四川人早已将火点上，开水烧上，顿时煎锅声响起，香气四溢。后来这一路上，厨房都由这些勤快的四川人自愿操持，吃得大家口服心服。

吃饭之前，大川和伟怡把大家召集起来，教大家一些营地注意事项。

李伟怡脚下有一个水桶，水里插着个小水龙头，水龙头连着地下一个气泵。她一踩气泵，水就细细地流出来。她告诉大家，先用旁边绿瓶中的洗手液洗手，再踩气泵，以清水洗手。水是从江里打出来的，这个小水泵可以过滤沙子。洗完手后，再用水桶旁边透明瓶里的消毒液洗一下手。

吕植经常在野外考察，没那么讲究，说："不要用洗手液了，手没有那么脏。"

大川说："我们以前漂流有过教训，如果第一天不注意洗手，第三天第四天就有人拉肚子。"

然后又给大家看他们放好的垃圾筒。垃圾有两种，有些厨房有机垃圾，如剩下的饭菜可以扔到江河里，鱼和各种生物可以将之消化掉。但纸张、塑料袋等不可降解的垃圾必须回收，带回城市处理。

在野外活动，必须补充充足的能量。

吃完饭后，大家要洗自己的碗筷。地上摆好了4个水桶，大家依次序而用。第一只桶里是凉水，大家先在这里洗一下碗；第二只桶里是热水，里面有洗洁精，可以洗尽油腻；第三只桶里是清水，再冲一下；最后一只桶里是加了消毒液的清水。大川要求，大家必须把碗放在这只桶里呆10秒钟以上。然后再把所有的碗筷放餐桌上摆好、晾干。

王石是探险老手，但是第一次下水漂流，大家问他的感觉。王石说：

“我今天有三个‘没想到’：第一没想到金沙江是这个样子。原来以为金沙江水流湍急，今天才知道不是，有时平静得像湖。但也有激流，让你感到那种瞬间的激动和刺激。你能感觉到她的节奏：平静—不平静—平静，平静中酝酿着激情。我以为这种江始终在咆哮着、搏斗着、厮杀着，没想到有时静得好像是在西湖。这很特别，有浪漫的激情和诗意。

第二，我在附近登过山，看金沙江都是从上往下鸟瞰。这么显赫的大江，从高处看起来也就是一条线。现在改变了视角来仰视，哎，我觉得就完全不一样了，两边的峭壁高耸入云。你觉得地球是多么奇妙！

第三个呢，没想到第一天就让我来划一划。我是划赛艇的，从去年开始到日本参加国际赛艇比赛，这个月的28日就要去上海区集训，然后直接到日本参赛。今天我来划船，就等于热身训练了，感觉好极了！”

杨勇问：“明天你要不要自己过一个三级滩？”

王石说：“当然！”然后哈哈大笑。

杨勇也站起来说：“长江确实是野性、神秘而伟大的，国外很多漂流探险家一直梦寐以求。长江的险滩段主要集中在金沙江段，金沙江全长2300多千

大川的笛声、金沙江的流水声，把大家带入了世外桃源的梦境。

米，三级以上的滩740多个。滩险比较集中的段落有这么几个：一是昨天我给大家讲的通迦峡，前后大约100千米；二是我们出事的地方，叫叶巴滩群，也是100多千米，但其中有50千米是滩连滩，让你一点喘息的机会都没有，所以我们有3个人遇难。三就是虎跳峡了，是整个金沙江单位落差最大的，虎跳峡总长是16千米；但在这么短的距离内下降了206米，形成了一个台阶瀑布群。四是我们今天漂的这一段：金沙江出了核桃园以后，就进入大具断陷盆地，然后又进入一段峡谷，比较险要，仅次于虎跳峡。这段峡谷较长，一直要到金安桥，就是在修水电站的地方，300多千米。这一段的滩排列不密集，大家今天感觉到了，在过滩以前，江面显得平静。一般来说，一段平静的江面以后，下面必有大滩。由于地质作用，比如说崩塌、泥石流、冲积扇，都会对河床形成阻碍，把水位抬高，这个地方就形成险滩。今天我们过的这些滩，大部分是崩塌所致，江道障碍形成险滩，像堰塞湖一样，叫'重力沉积滩'。"

大家围火而坐，聊天，唱歌。大川有长笛，王啸天有中国竹笛和吉他。尽管雨丝仍时不时洒下来，歌声、琴声和笛声伴着金沙江的流水声，还有红红的营火，将大家身上的冷意驱散。

深夜，雨点一会儿滴在帐篷上沙沙作响，一会又月光如水，照得天地间一片清亮。大家累了一天，个个睡得酣畅。

漂流过程中不仅有险滩，也有几近静水的河段，在这里可以完全不用划桨，顺流而下地静漂，即所谓的zen rowing。

我为河流而生

4月6日早｜江边｜老外齐聚金沙江

特别是几位老外，为什么舍了工作和生意，自己花钱来做志愿者？

第二天早上，也不知几点钟，大家被一阵笛声唤醒。睁开眼睛，钻出帐篷，只见太阳刚刚升起，照得金沙江上波光粼粼。大川、米哲、王啸天已在收拾早饭，Peter在江边用气筒给船充气。王啸天喊："咖——啡，开——水。"早上喝咖啡是西方人的习惯，中国人喜欢喝杯开水或是泡茶。因为是中美合作，所以两者都有。

在远处一处山崖的平台上，李伟怡正端坐于上，坐禅静思。金色的阳光照着她，她脸上宁静愉悦，似乎心已与大自然融为一体。

大家看蓝天白云，阳光下金色的山崖，听着涛涛水声，说话都静悄悄的，似乎怕惊醒了心灵与美丽自然之间的默契。

吃过早饭后，太阳高高升起，天地间的金黄变为强烈的白光。大家情绪渐渐高涨，围成一圈，接唱《长江之歌》。3个在长江上漂流多次的美国小伙子都学会了这首歌，大川起唱：

"你从雪山走来，
春潮是你的风采；
你向东海奔去，
惊涛是你的气概。"

王啸天接唱：

"你用甘甜的乳汁，
哺育各族儿女；
你用健美的臂膀，
挽起高山大海。"

大家齐声高唱：

"我们赞美长江，
你是无穷的源泉；
我们依恋长江，
你有母亲的情怀。"

第一缕晨光打在漂流船上

这首歌前半段调子太低，而后半段调子太高，大家唱得参差不齐，上气不接下气。但慢慢地熟悉了，根据个人条件，负责低音、高音部分，歌声渐渐和谐：

“你从远古走来，
巨浪荡涤着尘埃；
你向未来奔去，
涛声回荡在天外。
你用纯洁的清流，
灌溉花的国土；
你用磅礴的力量，
推动新的时代。
我们赞美长江，
你是无穷的源泉；
我们依恋长江，
你有母亲的情怀。
啊长江！啊长江！”

漂流队员聚集在岸边一起高唱

路者

几位船长中有两对父子，文大川和父亲Peter、米哲和父亲Rob都曾经在同一家漂流公司共事过。父亲们常常在美国大峡谷科罗拉多河上带漂流旅行，退休之后，现在又帮助儿子在金沙江上服务。

唱到最后，每个人都被气势磅礴的歌声感染，眼望大江远去，无不心潮澎湃。

吕植招呼大家坐在沙滩上，说："前天我们在虎跳峡介绍了自己为什么到金沙江来，但几位船长不在。今天请你们给大家说一下，特别是几位老外，为什么舍了工作和生意，自己花钱来做志愿者？"

米哲的父亲、64岁的Rob用英文说：

"我是为河流而生的。在我4岁的时候，父母第一次带我到河流上来。我后来能划船了，就开始在河流上当向导，走遍美国西部。1965年我21岁的时候，开始在科罗拉多河上漂流。1974年，我从父母手上买下漂流公司，经营了许多年。去年我又把公司卖给了女儿，也就是米哲的姐姐。我现在退休了，已经挣足了钱，现在做事就是为了娱乐、为了享受，很纯粹。2005年，我受美国大山协会的邀请，到中国云南三江并流地区考察，看生态旅游的可能性。"

Rob还介绍说，在他35年的职业生涯里，多次在法庭上为保护河流出庭作证，这里面涉及水坝和开矿。他很注意保护环境，同时又是一个企业家，一生都在寻找赚钱和保护自然之间的平衡，同时也寻求内心的平衡。在35年里，他

金沙江上的Rob

筹集了100万美元来支持环境保护事业。至于这次旅行的目标，对他来说，没有比看见人们面对自然就像回到家里、成为一个完整的自我更高兴的事情了。他希望在这次旅行中更多了解中国人，找到和中国人之间的共同点，这个共同点使大家可以共同面对未来，共同面对现在的困难。

大川的父亲Peter补充说，我们这次漂流所用的两条白船，是Rob的公司捐给大川和米哲的“漂流中国”公司的。在前面大川的故事，我们已经知道，Peter年轻时曾为Rob爸爸的公司工作。

1994年，Peter来中国漂流澜沧江的支流漾濞江，那时的两只船，就是这次漂流的两条蓝船。他说：“我希望中国的漂流公司带更多的人来看江河，看完了大家会说，江河太美了，我们都要来保护她。”

Rob又说：“这次是我儿子Adam，你们叫他‘米哲’邀请我来的。这次漂流有两对父子，还有Peter和大川。这对我们来说特别美好、特别有历史意义。”

大家请两对父子走到前面来。父子热烈拥抱，两位父亲将手里的桨交给儿子，就像将时代交到下一代手里。

上图　这次漂流所用的白船是Rob公司捐给大川和米哲的“漂流中国”的

下图　两个漂流世家：Peter给大川，Rob给米哲父子之间象征性的交桨仪式，意味着父亲将漂流事业传递到儿子手里。

米哲

Ralf

米哲说："我很激动。我的中文名字为什么叫'米哲'呢？因为我母亲姓Mill，米尔，所以我取我妈妈的'米'字作姓；'哲'是为了爸爸，因为爸爸教会了我生活的哲学：怎样看待这个世界、怎么与人相处、怎么找到内心的快乐。我为什么到江上来？我有什么期待？我没有固定的目的，我就是随江流而下，随性而至。我喜欢美国人类学家、科学作家Loren Eiseley的一句话：'如果这个星球上有任何奇迹的话，它一定在水中。'"

下一位是一直划救援独木舟的Ralf。这位高大的澳大利亚人是一所大学的生态旅游学教授、杰出的急流皮划艇选手。他提醒大家说："把你的救生衣取下来的时候，一定要拿块石头压起来。要是被风吹跑了，你没了救生衣，上不了船，那你走路可就走得远啦。今天早上没有一个人用石头压住自己的救生衣。"

大家四处张望，果然，所有的救生衣随处摆放，大家都没遵守这个规矩。大家不好意思地笑了。

展武警水电雄风

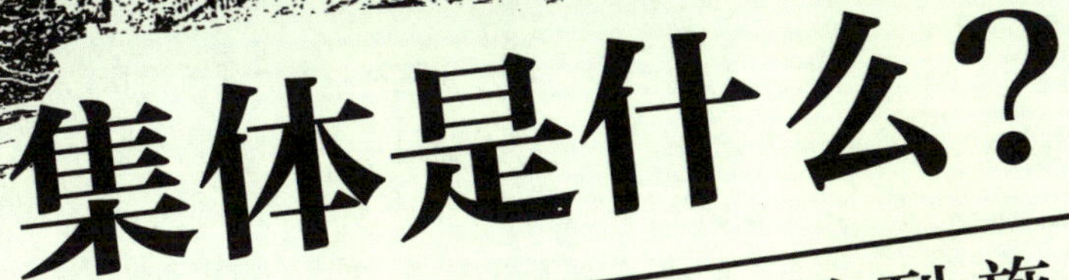

集体是什么？

4月6日 | 江边 | 遇到施工代表

老百姓坐在山头上，看着自己的家，他喜欢这个家，这是他的窝。

大家坐在沙滩上，顶着烈日，以自由轻松的方式召开这个“漂流论坛”。孙姗说：“对不同的人来说，这条河激发的是不一样的情感。但大家都有一种共同的情感：乡情。这个‘家乡’不一定是你出生的地方，它也许是你长大的地方，也许是你求学的地方，也许你觉得它是你的归宿，你属于这里。这次我们特别邀请了住在江边的葛全孝大叔，来跟我们分享江边的老百姓对这条江的感情。”

葛全孝粗粗壮壮，个头不高，但声音高亢。他给大家讲起江边老百姓的故事：

我是香格里拉县金江镇吾竹村的，我读过一些书，有一些在外面工作的经历，但我是地地道道的农民。

虎跳峡建坝这件事，是我们家乡出去工作的萧亮中告诉我的。我后来参与一些民间组织的学习，了解了大坝移民的信息，学习了《三峡移民条例》。萧亮中对其中有一条最有意见，那就是“农民必须服从国家的整体安排”。后来我参加联合国的一个大会，对国家能源局一位领导说：我们村民有村民自治，《中华人民共和国土地法》规定，土地属于集体所有。水电是市场开发，可以利用国外的资本，也可以利用私人资本，并不是国家专营，为什么不把当地移民看成是开发的经济主体之一？移民为什么一定要搬走？如果由水电公司来安排，应保证移民原有生活水平不变、有发展前途，但在市场经济的洪流中，所谓“搬得走、稳得住、能发展”都变成了空话。

但水电公司根本不把当地10万老百姓放在眼里。2006年3月，他们招呼不打，信息不给，就来蛮横地勘察，并威胁老百姓说：“你们废话别说，赶紧找地方住去吧，明年你们的家就在水底下了。”

老百姓生气了，把一些工程人员扣了起来。后来水电公司来跟我们农民对话，承认错误。他们来做这么大的工程，地方州政府不知情，县政府不知情，乡政府不知情，村委会不知情，老百姓更不知情。

但承认错误有什么用？他们还是未批先上。水电利益集团的势力很大，大到地方政府官员都有很大压力，有话不敢讲，有屁不敢放，有意见不敢提。我们给国务院写信，表达我们的意见。地方政府对虎跳峡建坝的问题也重新思考，十七大以后，依据科学发展观，尊重老百姓的意见，最后决定，只要当地大多数群众不同意，政府就不做建站决定。当地老百姓和很多政府官员都松了一口气，终于有一个说法了。但大家这次漂流也会看到，水电公司仍没有放弃，有几个水坝已经非法动工了，有些百姓已被迫搬迁。

漂流队员在分析水势

沐浴在晨光之中的小山村

对边疆少数民族老百姓来说，离乡之痛犹如亡国亡族啊！水电公司为了赚钱，让我的家没有了，对家乡的眷恋是人类最珍贵的感情啊。这些老百姓坐在山头上，看着自己的家，他喜欢这个家，这是他的窝。但大型工程破坏了这种感情，他感到他的国没有了，他的族没有了，他的家没有了。所以当地老百姓反对建电站。

吕植插话说："最近全国政协认真做了一个大型调研，认为现在建坝是缺乏规划与协调的。"

葛全孝继续说：

我们村民推荐我作为县人民代表，在去年的人代会上，我写了一个提案，提了三个问题：第一，"村民自治土地"属于村民所有，不是政府所有，这是法律问题；第二，现在是市场经济，你为什么不让我们参与市场？为什么你一定要强制？你违背了国家的基本法律和制度；第三，虎跳峡大坝一建，将要移民10万人，过去有些专家、记者为老百姓说话。可是，谁来为这条江说话？谁来为江里的鱼说话？谁来为环境说话？这条江应该有发言权，但是她不会说话，怎么办？

大家纷纷议论着，杨勇给大家看地图，说下面的梨园电站一建，附近村民必须搬迁，水库也将淹没大家所在的地方，一切都沉入水下，变成一个大水库，当然更无法漂流了。大家正准备离开，两个穿着桔红色工作服的工作人员走过来，与大家打招呼。其中一位熊先生40多岁。他们正在附近一个支流上的小电站施工。

曾强问："建梨园电站的决定做了没有？"

熊先生答："做了。"

吕植又问："批准了没有？"

熊先生又答："应该批了。"

吕植："环境影响评价批了没有？"所有大型工程都必须经过"环评"这一关。大家都了解，这些电站之所以"非法"，首先是没经过这一必须的法律程序。

熊先生："应该过了吧。一般来说环评不过肯定不能建，但有时候电力形势比较紧张，就比较松了。"

熊先生看见天依，问："这小姑娘也漂流？胆子够大的。"

天依问他："你觉得建水坝好吗？"

熊先生："水坝是人类进步的需要。社会要发展，必须要电力，煤炭总有烧完的那一天。"

郑易生："你这里装机容量是多少？"

熊先生："我们这里是小水电。金沙江上那几个巨型电站，向家坝、溪洛渡，再加上这里的几个，都等于好几个三峡了。"

郑易生："你别忘了水电破坏环境。"

熊先生："那我们都回到原始社会最好。"

郑易生："咱们不要走极端。"

熊先生："大家都在走极端。"

郑易生："我不是走极端，因为长江只有一条。"

熊先生："我们都是经过复杂的科学程序的，不会破坏环境。"

争论越来越有火药味了。

刘鉴强："你们这个电站的环评是谁来做的？"

熊先生："国家单位。"

刘鉴强："你总是说'国家国家'，请你举出一个例子来。你说你们做的事情都是科学的，你这样说你自己都不信。"

施工单位的熊先生和漂流队员的“偶遇”引发了激烈的讨论。

熊先生：“经过论证的东西，在某个时期可能是正确的。我们就说‘文革’好了，那时候你能说它不正确？”

刘鉴强：“当然不正确。”

熊先生：“当时你敢说它不正确？”

吕植：“‘正确不正确’和‘敢不敢说’是两个概念。”

刘鉴强：“你的逻辑说明，你们知道做这个决策是错误的，但是其他人不敢说，20年以后再说吧。你说‘文革’是正确的还是错误的？”

熊先生：“这是你此时此刻的观点。”

刘鉴强：“如果我们在‘文革’期间聪明一点，那个悲剧也许就不会发生。但你却认为‘文革’发生就是应该的。”

熊先生：“因为我们不是圣人。”

曾强：“要避免‘文革’，必须是圣人吗？”

熊先生：“对啊。就是这么回事，我们国家这么大，这么多人，为什么‘文革’会发生？大家都听毛主席的话嘛。”

刘鉴强：“不要只拿‘国家利益’当借口，你建电站，你获得了利益，你有工资，你可以升迁。但那些人呢？”他一指江对面山上的民房，“他们为什么一定要为你们让路？凭什么？你们有没有经过他们的同意？你们赚钱，凭什么要牺牲他们的利益？”

熊先生：“我们服从的是国家的利益。要搞建设，需要能源，就必须建电站。”

刘鉴强：“也就是说，必须牺牲这些百姓的利益？没有人说‘大坝坚决不能建’，‘我们不需要电力’，只是问你建设有没有经过科学的、法律的程序。我刚才问你环评了没有，如果有，环评结果依法公布了没有？”

熊先生：“我没有这个义务告诉你。”

刘鉴强：“我没说你们这里是非法的。但请不要以‘国家’的名义搞工程。怎么你就能代表国家，而我们就不能？”

熊先生：“我不代表国家，我是为国家服务的。”

刘鉴强：“那些移民是不是国家的一部分？”

熊先生：“我不是为每个个体服务的。”

刘鉴强：“那‘国家’是什么？告诉我。”

熊先生：“国家代表集体的利益。”

刘鉴强：“集体是什么？不包括个人吗？你这个‘集体’不代表我的利益。你今天建电站，就没有代表我的利益，没有代表那么多移民的利益。”

熊先生：“那你回去后不要用电了，黑灯瞎火点蜡烛。”

刘鉴强：“你又走到极端了。”

熊先生：“就是要走到这个极端。”

刘鉴强：“就请回答我一个问题：当地百姓为什么一定要做出牺牲？”

熊先生：“这不是我们这个层次上能解决的问题。我们只是执行者，决策在国家。”

刘鉴强：“所以犯错误的人都有借口：‘上面做的决定，跟我没关系。’在我们这个层次，如果真正按照科学程序、按法律办事，也可以啊，你可以对移民的补偿做得好一点，也考虑他们的利益；对山体保护得好一点。这些你完全可以做得到，但你们在施工的时候只想到自己的利益，就不一样了。”

曾强：“你们带来灾难性的后果，给后一代造孽。一条伟大的江，就被你们几个人的利益集团所破坏。什么叫‘国家’？国家代表所有人的利益。如果你们敢把充分的信息公布到网上让全国人民投票，支持你们的顶多占5%。这能代表‘国家’吗？实际上生态旅游创造的价值，远远高于几个破水电站。在美国，仅漂流的产值就是十几亿美元。”

船要走了，虽然是激烈的争辩，但大家还是友好地分手。大家上船，熊先生虽涨红了脸，仍礼貌地祝大家平安顺利。船渐渐走远，曾强忽然挥手冲他喊：“再见！希望你还有机会带女儿到这美丽的江上漂流！”

大家划到对岸，下船去半山腰一户农家吃午饭。山腰田地里粉红色的天竺葵遍地绽放，那是一种香料，可以提炼精油，是这里农户的主要经济来源。到了村头才发现这里只有几户人家，依坡而建。从院外开得正艳的红色石榴树的枝桠间望下去，碧绿的金沙江缓缓流淌。

一下子来了这么多外人，村子里鸡鸣狗叫，一下子热闹起来。这是丽江市玉龙县保山乡的韩可村，主人名为重新武，是普米族人。伟怡早就联系好了在这里吃午饭。房墙上赫然贴着一张通告，说这里是梨园电站水库淹没区，严禁百姓再建房、植树造林、新栽经济果木。实际上，梨园电站还没得到国家批准。

吕植跟重新武聊天。重新武说，他们这村人是近200年前从四川木里搬来的，现在生活很好，他5口之家，每年收入两万七，不想搬迁。但普米人最突出的特点是善良，他们会服从国家建设的需要。然而水电部门和政府并不与他们商量，也不告诉他们要把他们移民到哪里。甚至勘测时住到他家，都不透露任何信息，更别说征求意见了。

上图　碧绿的江水缓缓流过，天竺葵在山腰静静开放，仙人掌自由生长……这里是如此的原始自然，普米族人就将家建在这青山碧水之中。

上图　山腰的田地里长满了天竺葵。这种植物在春夏开花，可用来提炼精油，是当地农户的主要经济来源。

王石落水！

4月6日下午 | 江上 | 落水第一人

王石已抓住了双人划艇，想爬上去，但好像用了吃奶的力气也上不去。

王石和王啸天乘坐双人划艇

在这天早上，王啸天悄悄对人讲："我今天一定要让王石划划双人艇。"这次漂流除了有6只可乘四五人的大船和两只独木舟，还有一只双人划艇，一直绑在大船的船头。这几个美国小伙子知道王石是户外运动高手，但从未漂流过，也不知道漂流之乐。他们很想让他知道，漂流的乐趣并不比登山和飞伞差。

王啸天劝王石试一下，王石欣然同意。以他喜欢探险的秉性，这也毫不意外。从普米人村庄下到江边，啸天帮他穿上密封防水衣。啸天坐后面掌控，王石坐前面，两人一起划桨，小船便悠悠地滑了出去。大家为王石加油。

这一江段有些特别，两边悬崖壁立，江面略宽，江水澄清碧绿。头上青天白云，高远深邃。阳光从身后射来，山崖金光闪闪。大家放下桨，在船上或仰或坐，任船静静漂去。大川又拿出长笛轻轻地吹起来，悠扬的笛声更衬出大自然无边的寂静。大家心神皆醉，心里像被洗过一样浑然忘我，纯净愉快，似乎一时有许多话要说，但又不知道说什么好。此时方明白陶渊明那句诗中的意境："此中有真意，欲辨已忘言。"

鱼啃石遍布沿岸的石头上，弯曲似鱼，长短不一，让人对看似清澈的江水产生无限遐想。

过了一段时间，大家暂且靠岸聚在一起，由大川讲解下面的过滩事宜。在接近水面的山壁上，有些深色的痕迹，被称为“鱼吻痕”，据说乃江鱼舔食石壁所致，但大家问了许多人也未得到科学上的证实。马军最近正在调查金沙江鱼类，他想跨到山石上去拍照，但没站稳，一下滑到水里去，相机泡了水，腿还受了伤。大家急忙把他拉上来，找药给他包扎。

孙姗在另一只船上远远地问候：“马军还好吗？”

马军说：“我挺好的，就是相机不够好。我身上全进水了，相机也一样，怕是不能用了。”

孙姗说：“你看起来挺体面的，清清爽爽，不像进水的样子。”

大家呵呵乐着。这边在闲聊，另一边，王啸天仍在一处波浪较大的地方指导王石划船。不经意间，大家突然发现王石已经掉江里了，正在水里拿着桨扑腾。大家大呼小叫“举起来，举起来！”要他把桨举起来，不要扔水里。因为行前大家受过船长们的教导，落水以后千万不要扔掉桨，如果没了桨，就再也无法漂流了。

王石落水全过程

其实也没什么危险，因为不是处于险滩中，而且身穿救生衣，不会沉到水下。大川对众人说："要是没有翻船的可能，漂流也就不那么好玩了。"

那边王石已抓住了双人划艇，想爬上去，但好像用了吃奶的力气也上不去。最后调整了一下姿势，才扑到了船上。

王石说："还是经验问题，我的平衡没掌握好。"

大川看得清楚，说："他们碰到两个浪，都很大，能把船蹦起来的那种浪。"

王啸天说："一般第一次落水者会把桨扔掉，但王石把桨抓得紧紧的，我对他很满意。"

孙姗说："王石现在是金沙江漂流论坛落水第一人。"

王石：探险让我活了三辈子

王石讲述探险人生

4月6日晚 | 宿营地 | 王石讲述探险人生

我“咣”打自己一个耳光，吼了一声。发觉还不够，于是“咣咣”又两个耳光，又叫了一声，腿这才不抖了。

漂流队员的“联排别墅”

今晚的宿营地是一处较大的沙滩，没有第一晚那么多乱石，大家可以随意找干爽的沙地搭帐篷。宿营地地势开阔，缺点是风大，帐篷扎不牢会被刮跑。马军、吕植等人想了个办法，把他们的3顶帐篷扎成一排，用绳子牢牢绑住，一起抵御狂风。忙了半天后，3人欣赏自己的杰作，得意地称其为“联排别墅”。而船长们大多不扎帐篷，只要不下雨，就只用睡袋，对着满天的星星入眠。

这个沙滩很大、很美，脚踩在细沙上舒服极了。江水碧绿，从身边哗哗流过。吕植兴冲冲地喊着要游泳，大家还正劝她别冒险，她已“扑通”一声跳了下去，向江心游去。大家在岸边又笑又叫，让她赶紧回来，别游到江心的急流中。

李星和杨勇仍热火朝天地给大家做饭。今晚的菜有宫保鸡丁，因为是四川人做的，所以李星称之为“改良宫保鸡丁加花椒”。第二个菜是炒黄瓜片，第三个是炒豌豆。不一会儿，这两个四川厨子就争了起来，争论的焦点是放多少油和辣椒、加不加豆瓣酱。李星一会儿又嚷嚷起来，说这荒郊野外的，太缺调料，“体现不出我们的手艺啊！”

他们吵得不亦乐乎，这边王石脱下防水衣，站在沙滩上，兴致勃勃地对刘鉴强讲起他的探险故事：

傍晚的金沙江温柔迷人：江水清莹透明，沙滩柔软细滑。

我2003年52岁时从北坡登上珠峰，那时候人们说我“了不起”，因为是登顶的中国人中年纪最大的。我很不以为然。在此之前，世界上登上珠峰最大年纪的是61岁的日本人。在我登顶之前两小时，又一位名叫三普龙一郎的日本人登了上去，他71岁。所以我不觉得52岁是什么问题，我希望国人尽快把这个纪录破掉。我到60岁的时候，如果纪录还是我的，我来破！我现在每年登山，2007年登了一座8000米的山峰，2008年又登了一座8000米的山峰，今年还登了一座。你必须保持这种状态啊！要不吃一个大肚子再登珠峰，不是送死去嘛。

刘鉴强：你从登山生涯中得到了什么？

王石：原来我觉得登雪山是职业登山家的事情，和我没关系。但忽然有个契机，进入登雪山的状态，就成为一种生活方式。不登山我会觉得不自在。

刘鉴强：一种享受？

王石：不是！绝对不是享受。登雪山是非常痛苦的。你想，拉萨海拔3700米，有的游客到拉萨一下飞机就受不了，上吐下泻，吸氧。而登山时海拔6000米是最起码的，一点儿都不享受，你只要一进山就是痛苦的过程。登山多少有点自虐，但自虐之后你会有很多感悟，你会感到生活的态度和过去不大一样了。它是一个极度短缺、非常严酷的环境，你要面对两件事：第一是死亡。我知道每个人都得死，只不过并不喜欢现在死，你认为那是未来的事情，但一进山，你可能在一个星期之内出不了山，必须面对死亡。过去你可以回避死亡，但现在你必须面对它。第二，你生活在极端的物质短缺中，已经短缺到连呼吸都不够。你再回到物质丰富的文明城市生活，会感到非常非常美好，感到现代文明是真好，抽水马桶真好，你坐在抽水马桶上，那真舒服啊！这样你会珍惜原来很多你忽略的。你在城市两个月，又会浑身不自在，你知道你要进山。你进山回来，爽极了。登山可以调节现代都市生活的节奏。都市里人与人之间很淡漠，来不及停下来想一想。但登山天天没事，你要休整，天气不好你要闷在那里，实际上是非常好的思考机会——虽然那时候缺氧，脑子反应慢。但我觉得那时候很平静，很清晰，就这样成了你一种生活方式。这种生活方式让你面对死亡，你必须想到，生命短暂，人生无常，可能这个星期你就要离开这个人世了，那你会更珍惜，更爱护，更知道应怎么爱护人。你要尊重别人，尊重社会，登山让你加速了这个认识。登山压缩了你的生命，也延长了你的生命。

刘鉴强：什么叫“压缩？”什么叫“延长”？

王石：人回顾他前半生的时候往往后悔：为什么别人成功了自己没成功？好像那些成功的未必比他有能力，未必比他机会多嘛。他会发现很多东西他没能坚持，放弃了。这和登山是一样的，登山很痛苦，随时想放弃。我和一个队友登珠峰，他比我小10岁，体格比我棒得多，登山始终走在我前面，而且他背得比我重，他建了营地了，我还没走到呢。但最后我登顶，他没上去，因为他登到8300米的时候放弃了。

但如果你不放弃，登到山顶的时候你发现：我怎么到山顶了！这和人生是一样的，但人生中20年、30年才能体会到的，登山一个星期就可以体会到，你说是不是人生“压缩了？

为什么又说“延长”了呢？如果你做企业很成功，你做探险登山很成功，你不单是探险，这种探险又和环保、生态社会责任结合起来，又很成功。我不但登山，我还要去航海。所以很多人说：“王石你像活了三辈子。”我听了觉得很舒服，我做了那么多事，好像把生命延长了。

刘鉴强：你刚才说到面对死亡，这跟佛教说的一样，人生无常，随时面临死亡，规划好死，才能规划好生。

王石：是啊，你一进山就不知道能不能活着出去：冰裂缝，雪崩，肺水肿，脑水肿。我去搜寻过遇难者尸体，也有同伴突然生病，面临死亡。我们在青海玉珠峰，第二天要登顶了，他突然昏迷不醒，没人知道怎么救他。我问：“谁会人工呼吸？”大家都摇头。我也没学过，但我看过书，电影上也看过，于是把他衣服一解，在胸口压两下，扒开他嘴。这一瞬间我想什么呢？——“我一个星期没刷牙了。”你说怎么会有那个念头！人工呼吸一下，再按胸口，就听到他开始呼吸了。我们放弃登顶，把他塞到睡袋里面，在雪地上拖下山。早晨8时往下拖，12时才下到大本营，赶快开吉普车赶到格尔木医院。

面对了死亡，所以心态会非常好。你看啸天教我划船很兴奋，因为有两条路，一个可能要翻，一个不会翻，他问我走哪条。我选择了那浪大的，结果我们冲了过去，他兴奋得一塌糊涂。

但漂流是一种享受，与登山相比，没那么危险。但真正有风险的还是飞伞，中国飞伞的圈子非常非常小，每年都死人。非常危险，保险公司都不给买保险的。

王石登顶珠峰（摄影：李洪海）

万
筑 赞 美 生
TOREAD

飞伞前的王石（摄影：李洪海）

刘鉴强：你飞了几次？

王石：飞了几次？我一直在飞，飞了10年！

刘鉴强：飞伞什么感觉？

王石：那很特别，像鸟，但很难控制，因为气流一变就把伞打乱了。2000年10月，我登珠峰下来后，从大本营往拉萨飞伞，飞了4天。一般人不会到西藏飞，因为高海拔缺氧就受不了，更不用说飞伞。中国现在的盘高纪录还是我保持着，6100米。在我之前的纪录是4800米，是在河南创造的，起飞高度1100，盘高到4800，绝对高度是3700。我的起飞高度是4500，我一起飞就破纪录了。我那天开始盘高，后来发现根本不用盘，热气流一直往上升，我觉得不对，因为在高海拔情况下，快速上升很容易缺氧昏迷。我不敢往上升了，想逃，但逃不出来，伞一直上升，热气流面积非常大。最后好不容易逃出来了，下降了，松了一口气，就创造了纪录。

刘鉴强：怎么知道是纪录？

王石：有高度表。起飞的高度、上升的高度，甚至飞行的轨迹，都记录着。

刘鉴强：当时逃不出来，恐慌吗？

王石：如果两三个朋友一块儿飞，你看到他在那儿飞，互相通通话，不会紧张，但你一个人的时候太可怕了！我终于逃出来后，飞往早就选好的降落场，那在西藏青浦，有很多修行者。地下一群小尼姑看到一个“大神鸟”在天上飞，不念经了，看着天上鼓掌。我虚荣心来了，特别想落到她们身边降落，那多神气啊。但这是我第一次到西藏飞，没想到西藏氧气含量少，阻力小，速度快，我的高度还不具备降落的高度，但强行降落，要落到她们身边，结果失速摔了下来，断了两根肋骨，当场昏过去了。

刘鉴强：怎么抢救的？

王石：没有抢救。那儿能抢救什么？我事后才知道，昏过去20分钟。等我睁开眼睛，发现我上方是尼姑们的一圈光头，圈中间是蓝天白云，“醒了！醒了！醒了！”听到她们喊。我觉得巨痛，3个朋友在陪我，我强打精神，忍着巨痛没有吭气，硬着头皮和他们回到拉萨。我们的交通工具是拖拉机，拖拉机在山路上颠得要命，可我还得这样颠上十几千米。到了拉萨医院，赶快去急救室拍片子。医生看完片子问：“病人呢？”我就站在他面前，说：“我就是。”他吓了一跳：“你怎么还站着？肋骨都断了两根，赶快躺下，赶快住院！”我说：“我明天回成都呢。”他说不行，今天得急救室观察。

俗话说，“伤筋动骨一百天”嘛，结果还不到一个月，我又站在河南太行山的起飞场上。那时候就喜欢飞，玩儿命飞。我伤还没好呢，自己背不上伞，朋友帮我把伞包背上去。

刘鉴强：这是你探险活动中事故最严重的一次？

王石：是。但并不是心理煎熬最严重的。因为摔下来时很快，还来不及害怕，我已经摔昏过去了。而且在逃离热气流的时候害怕，也不是因为想到死，而是一种孤独的恐惧。但在登山过程中，却面临着生死抉择。

那是1999年我去登博尔格答峰，下山时，要独自过一个300米左右的65度冰坡。我上来时已拉好了保护绳，但下撤时发现飞石把绳子砸断了。我过还是不过？那儿就有一块墓地，10年前日本女登山队的白水小姐就在这里掉下去了。我现在就在那一段，下面就是大冰裂缝，这边就是65度的冰壁。对滑雪者来讲，很陡很陡的坡叫“黑道”，实际“黑道”的坡度才30度，如果超过38度，就是很大的斜坡了，而我这个坡度是65度！我过，还是不过？如果不过，用对讲机告诉大本营说“我过不去了”，就地等待，大本营要来营救我，但至少要两天之后。当时我差不多弹尽粮绝，瓦斯罐的瓦斯都用完了。两天之后还能不能活着，不知道。但要冒险过呢，就有可能掉下去。最后我决定，冒险吧！

我做了决定后，发现双腿在打哆嗦。我穿的是冰鞋，即便哆嗦不会滑，但要抬脚走路，哆嗦的话可能踩不稳。我知道我这种状态是不能过的，我必须釜底抽薪。我于是把对讲机关掉了。

刘鉴强：为什么这样做？

王石：不要抱任何希望了！不通知对方，对方就不会救你。我要把后路断掉，破釜沉舟。

但我把对讲机关掉以后，腿还是哆嗦，没法迈步。我当时脑海里想什么呢？举重运动员出场的时候，教练把一种刺激药放进他的鼻子，运动员吼一声，出去了。还有的教练打运动员一个耳光，给他鼓劲。但运动员有教练打他，我没有教练打我啊，我只有自己。我“咣”打自己一个耳光，吼了一声。发觉还不够，于是“咣、咣”又两个耳光，又叫了一声，腿这才不抖了。不抖好啊，那就过啊！这时候风雪交加，但我觉得好像风停了，这个世界静静的，一点声音我都听不到。这300米，我走了两个小时。终于过去，松一口气的时候，风雪又来了。实际上它一直在刮，但我的注意力全在冰面上，感觉不到风，也感觉不到雪。过了才发现，屁股全湿了，整个后脊梁骨都在冒冷汗。有这样的经历我才知道，人太自以为是了，其实，在大自然面前，人微不足道。

吃完香喷喷的晚饭，大家在沙滩上拣些干柴，点起篝火。有人在篝火边摆上桌子，放上一个大大的蛋糕。昨天是孙姗的生日，今天天气晴和，心情愉快，大家要补一个生日晚会。米哲等人从昆明来时就买好了蛋糕材料，米哲、伟怡、李星等人经过一番极复杂的程序，在这沙滩上烤出了一个完美的生日蛋糕，令大家惊喜称赞。孙姗说：“在野外能做出这样的大蛋糕来……”

吕植插话说：“算是天下第一号蛋糕了吧。”

大家围着孙姗唱《生日快乐》。这里风大，没法点蜡烛，二三十人，每人头上都有个头灯，头灯闪亮着，就像一圈蜡烛。孙姗说：“谢谢大家。我的儿子快一岁了，看到我们中间最年轻的大川、米哲、王啸天和天依，我就想，我的儿子长大后能有他们这样热情、独立、爱帮助人，我就很欣慰了。”

她关掉了自己的头灯，算是吹灭了蜡烛。大家欢呼起来，品尝起蛋糕，果然鲜美。大家极为称赞。

过了一会儿，吕植、孙姗、大川、伟怡、刘鉴强远远离开众人，在一块大石边偷偷地商量曾强、牟正蓬婚礼的事。漂流婚礼，这可是头一遭，连漂了20多年的大川都没见过、听过，无规矩可循，大家只能献计献策：何时？在哪个江段？新娘坐哪只船，新郎坐哪只船？如何过门？谁主持？谁发言？唱什么歌？大家一一谋划，无比兴奋，简直像给自己安排婚礼一样高兴。想到要紧处，就一一把王石、李星等人喊来，交待他们的任务。

正在商量中，牟正蓬从边上走过，问："你们在说什么？"

吕植说："我们有个秘密，你不要听。"

牟正蓬走开。大家嘿嘿地乐。

Peter、米哲等共同制作的生日蛋糕。在夜空下，大家用头灯照耀，唱生日歌，切蛋糕。

为金沙江做些什么

4月7日早上 | 江边 | 召开江边论坛

我们从来没有反对建大坝，我们要求的是一个科学的决策和公众参与。

漂流图书馆，有国外介绍漂流的书籍。每天起床之后，有很长的时间准备船，在慢慢的江河节奏中，大家可以在这个图书馆里找到自己喜爱的书籍和资料。

4月7日早上，照样是王啸天的笛声把大家从美梦中唤醒，照样是几个小伙子“咖——啡，开——水”的喊声让大家精神一振。

今天时间宽裕，大家吃过早饭，三三两两坐在沙滩上，“论坛”又开张了。今天要听几位与金沙江有关的朋友的故事。马军创建了一家非政府组织“北京公众环境研究中心”，几年前曾推出污染中国环境的大型跨国公司黑名单，后来又推出“中国水污染”地图。他介绍目前所做的事：

我们的组织通过推动信息公开，来推动公众的参与，因为没有公众的参与，有关河流的利益诉求是不会纳入决策考虑的。我们先后参与了阿海和观音岩两个水坝的环评，也在观察阿海电站环评的公示。在环评的过程中，我感到鱼是一个基础性的问题，是一个绕不开的问题，因为你把流水生境一旦破坏，长江上游的珍稀鱼类很快衰竭。所以我们最急的一件事——也是环保部门提醒我们，要调查鱼类情况。最后我们形成了一个报告，正在征集一些签名，呼吁一下。不然的话，中国一些最珍贵的鱼类就毁在我们这一代人手里。

杨勇说：

掌舵的是马军——大家在浪小的江段，轮流体验划桨的乐趣，最后甚至有业余桨手可以冲过三级滩。

我是学矿山地质的，“长漂”以后就开始关注河流。后来发现，我们称为“母亲河”的长江，在上游有许多问题。1988年，我徒步走完了金沙江，就给当时的总理写过一个报告，主要谈金沙江的水土流失和地质灾害。后来我又考察了雅砻江。雅砻江上游是中国最大的森林采伐区之一，每年木柴的40%都是雅砻江流域提供的。考察以后，我给雅砻江的二滩开发公司和国外的几个承包商写过一些报告，建议把雅砻江流域的森林保护好。另外，我发现它有重大地质灾害隐患，对工程威胁比较大。那时候我环保理念还不强，主要是从地质的角度看问题。

后来，我继续对河流追踪考察，发现河流的生态系统和人类经济发展、生存环境的关系非常密切。“西部大开发”是以矿产资源和水电开发为主，虽然1998年实现了天然林禁伐，但后来的开发活动比森林采伐规模更大，影响更坏，我就开始关注西部大开发带来的问题。2000年以后，水电建设在西南河流上遍地开花，有一个前所未有的“圈水运动”。现在的建设活动，比“大跃进”时期的大炼钢铁和1998年前的采伐森林，规模要大得多。这个时候不引起重视，造成的损失会更大。让我焦虑的是，政府和一些利益相关者还没有意识到这个问题，社会大众还不知道这个问题。水电勘测部门、地方政府和水电开发商在国家批准项目以前，就把前期工作做了，所以他们形成了一个不正常的利益链。比如环境影响评价，都由那些极力主张建水电站的业主或当地政府部门提供，导致这些项目的论证不完整、不完善、不充分，草草上马，草草开工。

郑易生老师说：

美国最反环保主义的一个大作家，居然能说出这么一段精彩的话："如果把黄石公园交给迪斯尼公司经营，肯定挣钱更多。但美国作为一个商业如此强势的国家偏偏不这么干。这才显示了一个国家的伟大，一个国家的精神。"我把这些话往上头送，也不知道起没起作用。后来管理中国国家公园的一位负责人专门跟我要这些资料。

以前建坝者与反对者好像是两军对垒，建坝者步步紧逼，反对者拼命坚持，是对立的双方。我后来想到，也许应该换个路子，比如说漂流，让双方都来欣赏这里的美。5年前的一个会议上，我专门请了漂流专家来讲，结果有人说："这不是咱们中国人的事。"一下把我们弄得没话说。

这次来漂流，我发现，我们中国有这个条件了。中国已经出现了相当一批能欣赏自然美的知识阶层。我们有这支新生力量，得使劲救一次。有的江实在救不了，活该了，没办法了。有的还有一点救的余地，我们就努力一把。

刘鉴强说：

对建坝持疑义的人并不是一定反大坝。就像在我报道虎跳峡的稿子里，吕植说我们从来没有反对建大坝，我们要求的是一个科学的决策和公众参与。必须有一个科学的程序，而不是偷偷摸摸地上马。

我们承认私利，每个人都有私利，水电公司也有，我们尊重。但你不要打着爱国的旗号，就像昨天水电公司的人，以"国家利益"来掩盖私利。

2004年，我看到马军的文章，知道了虎跳峡建坝的事，就和同事介入报道。葛全孝大叔陪着我进虎跳峡采访，当时虎跳峡滑坡，道路砸断了，我们手脚并用爬着进虎跳峡调查。后来我们那个稿子发出来，温家宝总理看到，批示要有关部门调查，后来就暂停了非法动工的金安桥电站。那是2004年的事。5年后的这个月，王石当会长的阿拉善生态协会刚刚给这篇报道评了个奖，是20个奖项中的第一名。那时我和王石还不认识呢。

金沙江中虎跳峡江段，岸边是虎跳峡核桃园的田地。

我在金沙江河谷发现了中国很激动人心的变化的象征。在这里，很多社会力量集结起来，比如NGO、环境保护者、记者、科学家，最重要的力量是当地百姓。当地百姓一旦觉醒，事情就会发生转折。2006年3月，这里的一万多农民向政府请愿，请政府征求民众的意见。于是，省政府才有通告，说不经过老百姓的同意，虎跳峡这个地方不建大坝。这取得了阶段性的胜利。

金沙江河谷的重要性，就在于当地农民能够成为主体。我来到金沙江，还有自己的感情因素。我的好朋友萧亮中就出生在这里，是他把建坝的消息告诉北京知识界、媒体和NGO，也是在他的不懈努力下，中国公众才关注虎跳峡问题。但他积劳成疾，4年前英年早逝。我也想把他写出来。这就是我所要做的，用金沙江河谷的故事，告诉世人我们中国正在发生的积极变化。

这次漂流给我最大的震撼是，我看到了环境保护中企业家的力量。原来我只看到当地老百姓、记者、学者在呼吁奔走，但这次我看到了企业家加入进来。企业家是我们社会的中坚力量之一，他们有巨大的影响力，如果他们加入环境保护，那我们就大有希望了。

摄于2009年金沙江太子关峡谷的天然瀑布，图中划船的是美国国际独木舟学校的学生和漂流中国的工作人员。（摄影：米哲）

曾强说：

我觉得惊喜。我老婆给了我一个好机会来漂流。你看那远处的雪山和近处的绝壁，你再看奔腾、清澈的金沙江，还有月光、银滩和这些来自全世界的人，我没想到中国还有这么美的地方。我又觉得可悲，这么好的自然，就要在我们这一代手里毁掉了，我们怎么去面对后代？我们要行动！我们应把个人力量的涓涓细流，汇成一条力量的大江。

文大川说：

现在大家都知道这条江段是多么美丽了。就我所知，中国至少还有10个左右的江段跟金沙江一样美。但几乎所有这些江段都在计划建坝。我们明天会见到一个大坝。这些美丽的地方，这些正在发生的毁灭，你在大城市里不可能知道，必须到这些地方才能发现。我们来漂流，除了提供一个平台让大家来发现、来讨论，也希望大家成为桥梁，沟通不同的社区。我进入通天河，特别进入藏区，再回到北京，觉得到了完全不同的世界：环境不一样，人的思维方式不一样。但这实际上是一个国家。那我们是不是可以做一个桥梁，让那些江边的原住民也有发言权？我们必须到那些地方，必须跟当地人交流，听他们的想法。不能只呆在大城市里替他们制定未来。

天近中午，大家要出发了。Rob船长请求发言，他诵读了他的书中引用的一句话：

“我只是一个人，但我毕竟是一份力量。有很多事我做不到，但毕竟有一些事我可以做。”

上天挑选的婚房
4月7日下午 | 船上 | 江上婚礼
今天 江川做媒，山水为证，我将与你 风雨同舟 生死与共。

今天李伟怡特意做了安排：曾强、朱云来、邓中翰、李星坐Rob的船；牟正蓬、天依、吕植、孙姗坐王啸天的船；陈淮军、王道美夫妇坐汤建忠的船；郑易生、刘鉴强坐纳明辉的船；马军、杨勇、葛全孝和李伟怡坐Peter的船；3位摄影师洪海、吕宾、李宏坐米哲的船。王石跟大川一条双人划艇，Ralf仍然划独木舟护航。

大家把曾强和牟正蓬分开，是为了那即将到来的婚礼。与曾强同船的朱云来、邓中翰是伴郎，而牟正蓬的父母是北大教授，北大的吕植和孙姗当然就是娘家人的代表。

行至下午3时，遇到一个险滩，所有船只靠岸，船长们爬到一处险峻的高崖上“读水”，商量半天，制定了方案。好在所有船顺利冲过，大川和王石的双人划艇也安然无恙。

下午4时10分到了一处狭窄的水道，两边峭壁耸立，要用力抬起头才能看到山顶。大川示意在一个回水区停船，这里是山壁的一个凹进处。吕植说：“简直就是天造地设。”所有船聚在一起，用绳索绑起。大家一个个喜笑颜开，等着新娘子过门。

李星被大家推举为婚礼主持人，邓中翰为他翻译成英语，讲给老外朋友们听：

“今天是黄道吉日，宜下水。在这金沙江上，牟正蓬小姐和曾强先生将举行一场特别的婚礼。”

邓中翰说：“我很高兴今天成为曾强的伴郎。我用Rob那本书的两句话，作为我的祝福语，第一句是：‘这是多么好的地方啊，这是上帝为你们挑选的。’第二句话是马克·吐温说的：‘20年后，你会为你没做的事而后悔，而不会为你所做过的事后悔。’今天你们在这大江上结为夫妻，绝不会后悔。”

吕植说：“真是幸运啊，能见证两位好朋友在这个天然的结婚大厅里办喜事。这山、这水，还有我们大家，都是这美好婚姻的见证。祝福你们！”

文大川说：“我跟牟正蓬是老朋友。虽然跟曾强刚刚认识，虽然曾强在河流上的时间不长，但是他对河流保护的激情，给我留下了极深的印象。感谢这么好的夫妇出现在我的生命中。祝福你们，这里美丽的山、美丽的水，是大自然给你们的最好的礼物。”

孙姗说：“还要特别感谢天依，天依参加这个旅行，我们特别高兴。”

天依乐了，又鼓起掌来。

王石笑道：“天依鼓掌批准了，那我这主婚人就好办了。”

主婚人李星（左），翻译邓中翰（右）

他站起来说："我和小牟早就认识。奥运会后不久，接到我们牟小妹的一个短信，说她闪婚了。还说，如果你有兴趣做阿拉伯的生意，我就把他介绍给你。她没提名字，我想，难道是个阿拉伯王子？我和阿拉伯也没什么生意，就没打听。那天到了丽江，上车跟小牟打招呼，牟正蓬说这是我先生。我说'曾强啊！'

"小牟喜欢登山，与人随和，做事业很执着。她办的读书栏目非常不容易，明知不可为而为之。我听说嫁了个阿拉伯人，心说，她喜欢，咱们也没办法。但一见到是曾强，我就释然了，没什么可说的了。但是小牟很惊讶：'你认识曾强？'

"我说'废话，我认识他比认识你都早。'这下我放心了。因为曾强是个开拓者，是个理论家，是个浪漫的诗人。我觉得这两人一定是幸福的完美结合。"

朋友们各自说几句，表达对新人的祝福。刘鉴强说：

"昨天曾强写了一首诗，提到月光。我在江上也常常想苏东坡《赤壁赋》里的那句'江上之清风，山间之明月。'《赤壁赋》中说：'壬戌之秋，七月

岩石形成的婚礼“穹庐”下，男女各在一条船上，说话有峡谷的回音。

NRS-2

既望，苏子与客泛舟游于赤壁之下。’苏轼的客人说，在这长江上，当年的曹操何等英雄，但现在灰飞烟灭。意思是说，那最伟大的功绩也会随水而去，人生无常。但苏轼说，跟大自然相比，虽然人非常渺小，但我们每个人都可以享受大自然，享受人生，就像江上之清风，山间之明月，这些对我们来说又是永恒的。所以我想，我们来到这江上，虽然很快就离开，但这里将成为我们永恒的记忆。所以我要借用东坡的话来祝福两位，这世上是有永恒的，那就是江上之清风，山间之明月，牟曾之爱情。”

马军也用长江上的一首诗祝福新人：“想起李白的一首诗，大概也符合现在的情景——‘峨眉山月半轮秋，影入平羌江水流。夜发清溪向三峡，思君不见下渝州。’希望你们的爱情像江水一样永恒。”

Peter说：“你们的爱，是把所有人带到一起来的那种爱。我送给你们一句话：婚姻中会有许多不愉快，每当争吵的时候，想一想你们表达誓言的那个地方，就会忘掉争吵。”

曾强站了起来。他穿着红色短袖T恤和黑色防水裤，穿着红色救生衣。恐怕这种装束的新郎，世间绝无仅有。他请王啸天来到身边为他吹着竹笛。在悠扬的笛声中，他仰头望着峭壁与蓝天，两手叉腰，用极其豪迈的姿势，用中英文朗读他在江边写的情诗：

“在涛声与风声之间，
我听到了你的呼唤。
在山壁和浪花之间，
我找寻着你的气息。
任凭月光溜进帐篷，
亲吻你的秀眼。
那忽远忽近的笛声，
撩起了大地久违的春情。
今天
江川做媒，山水为证，
我将与你
风雨同舟
生死与共。

没有华服，没有美食，只有爱情，这已足够；有滔滔江水为你们祝福，有雄伟大山为你们祈祷，这就是全世界最浪漫的婚礼。

TO MY DEAR WIFE

Between the sound of river and the sound of wind
I can hear the beat of your heart.
Between the wall of mountain and the wall of wave
I can touch your soul
Let me share with the moonlight to kiss your eyes
Let me invite the song of the flute to catch up the unforgetable moment of life

Today, I invite the valley and river as witness
I swear
No matter up and down
We are in the same boat
No matter live or death
We are together forever!"

在峭壁间、蓝天下、王啸天的笛声中，曾强深情地表白爱情。

大川两手扶着伟怡的肩膀，伟怡依偎在大川胸前，两人静静听着曾强的爱情表白，那诗也打动了这对恋人的心。

牟正蓬站起来说："我给大家讲个故事。"她手里拿着一枚戒指，说道，"这是我送曾强的第二个戒指，第一个已掉进海里。几个月前我们俩在迪拜旅游，在海里游泳时，忽然起了大浪，退潮的大浪推着我们远离海岸，我游不回去。那一刻，我的一生突然在眼前闪回了一下，好像我要死了。我游不出来，觉得无能为力，然后我做了一生中最愚蠢的事：我喊了一声'救命'。他从边上使劲推我。我喊'救命'，是希望让他意识到问题的严重性。他意识到了，一直用力推我。可没有用，我们离海岸越来越远。他一直坚持着，知其不可为而为之地推我。大概几分钟以后，我感觉他快筋疲力尽了，我看见他在闭着眼睛用力，也许用一种不正确的动作死死地拉着我往前游。我很感动，按我的经验，也许我们很快就要抽筋了，到时也许他连自己都救不了，也许他比我先耗尽了力气。但这时我一下安静下来：有一个这样的郎君，在生死关头不离不弃，死又有什么可怕的？我已经有一个这么幸福的时刻，感到有一个人对你这么生死不渝，一切都值了。

这首诗打动了在场所有人的心，大川和伟怡这对情侣也深受感染，相互依偎在一起。

“我对他说：‘亲爱的，你赶紧撒手吧，你要再这样下去，你就不行了。我们肯定没事的。宝贝儿，放手吧，我们肯定没事。’我也想到，那时候一松手，浪那么大，也许就把我们打散了。但我也想，松手以后可能他有机会活下去，我也许也有机会。这是一个理性的决定，是我体现我的爱的方式。我说：‘你不要拉着我了，你自己能上去，你就上去。我也能上去。’这时我心里也有自信，我有强烈的生的勇气和愿望。

“他听了我的话，松手了。我斜切着浪往前游，他在我后面，他还用力推了我一下，让我越过一个大浪。这时他已从惊恐中镇定下来，开始思考，他说：‘我们要沉到水里，不能在浪上。’我们就试着沉下去，扒着沙滩，浪来的时候，我们扒住沙滩，浪退的时候，我们站出来喘口气，赶紧往前走。这样一步步的，我们越过几道海沟，终于手拉手爬上去了。但他发现我送他的戒指丢了，他在浪后推我的一瞬间，戒指脱落了。我下水之后，怕我的新婚戒指会掉，所以一直紧紧握着手。但他救我的那一瞬间，他的戒指掉了。那个戒指替我抵了一条命，是我们爱情的见证。所以现在我手里才有了这第二枚。”

许多人眼睛湿润了。

婚礼现场：王石担任主婚人，新郎新娘互赠礼物——小镜子和绣花袋，这是普米族人的婚俗习惯。小镜子是希望妻子永远像结婚那天漂亮，绣花袋则祝福袋袋（代代）平安。

王石说："真是感人的故事。现在，在大自然给我们的宝地上，我来问曾强先生：无论贫穷还是富有，无论健康还是疾病，你愿意和牟正蓬小姐一生不弃不离吗？"

曾强坚定地回答："我愿意！"

王石说："那我再问牟正蓬小姐，无论贫穷还是富有，无论健康还是疾病，你都愿意对曾强先生不弃不离终生相守吗？"

牟正蓬坚定地回答："我愿意！"

王石说："好。那我在你们娘家、婆家人面前，在国际友人面前，在我们的金沙江面前，宣布你们结为夫妇！请新郎、新娘互戴戒指，互赠礼物。"

大家大声唱起《婚礼进行曲》，"当——当当当"，歌声中，新娘子从"娘家船"跳到"婆家船"上，新郎新娘给对方戴上戒指，并互赠礼物。那礼物是伟怡前一天请普米族的乡亲们准备的，是这里的婚俗礼物：新郎送给新娘的是一个小绣花包里的小镜子，希望妻子永远像结婚那天漂亮；女方送给男方的是一个绣花烟袋，当然现在不用装烟草，只是一种祝福：袋袋（代代）平安。

天依献花

天依跨过船去，给新郎新娘献上一束野花。那是孙姗早上从山崖上摘来的。新郎新娘拥抱起来，深情地亲吻。

大家大声欢呼。Peter打开船上的箱子，拿出两瓶红葡萄酒，大家掏出自己的水壶，倒上酒，碰杯庆贺。一时欢声笑语，飘荡在山间水上。

李伟怡又拿出两件礼物，一个是大红布上绣的黄色双喜，另一个是一方手帕，上面绣着普米族装束的男娃和女娃。这是漂友们送给新人的礼物，请4位普米族姑娘一夜未眠绣出来的。新郎新娘将那大红喜字挂在船头，那只船也像整个漂流队一样，看起来喜气洋洋。

漂流队又要出发了，下面不远处又有一个险滩。刘鉴强受大家委托，再送给新人几句话：“婚姻就像漂流金沙江，不可能一帆风顺，以后肯定还有很多艰难险阻，就像前面我们又面临一个险滩。现在请你们一家人坐在一起，我们祝愿你们同舟共济，度过生活中所有的险滩！”

翻船“喇叭口”

4月7日下午｜江上｜翻船与营救

他前面是咆哮的大江，背后是万丈悬崖，动弹不得。

船长读水

船在狭窄的江面上漂下去，突然有人惊叫："石头！"然后听见"扑通"的落水声。原来头顶有碎石落下，砸在离船不远的地方。过不多时，又听见高高的山崖顶上有声响，抬头一看，两三块石头又直直地落下来。船长们立即调整方向，划到江心，但金沙江在这里太窄，石头掉下时离江心并不远。大家提心吊胆，不时抬头观察。漂流船在静水中的速度很慢，如果有石头照直了脑袋砸下来，很难避开。

但谁也想不到，更大的危险在前面呢。

在前面险滩的喇叭口前，船队停了下来。所谓"喇叭口"是指险滩的入口，金沙江由宽变窄，像个喇叭一样。

船长们站到岩石上观看水情。江水奔腾呼啸，隆隆震耳，人们要大声喊叫，才能听到彼此说话。

此处江心有许多大石，但过了一块块大石，又有惊涛骇浪，还有一处暴起后的瀑布。站在远处，很难看清水流的底细。最后大家决定从左边冲过，顺急流而下，然后再用力将船拉回来，避开对面的山崖，回到右岸扎营。

此处水势太过险恶，船长们决定船之间的距离不可太大，一旦翻船，别人可就近营救。大川心里有数，在这个险滩，很可能有一两艘翻掉，必须做好营救的准备。

米哲的黄船先下，在跌入瀑布再次冲上浪尖时，船倾斜起来，令人心惊，好在没翻。Peter的白船随后，纳明辉的蓝船第三。船上的郑易生和刘鉴强已听到船长们悄声嘀咕说，这只较小的蓝船是最有可能翻的，所以由黄、白两船打头阵，以备救援。郑、刘两人心中有数，已做好准备随时翻船。平时过滩，防水衣的帽子都紧紧戴着防水，这次干脆摘下来，以方便看清周遭形势。船进入急流，箭一般冲向前去，前浪、侧浪汹涌而来，没想到船都能找到大浪的节奏，从浪尖上跃过，没让大浪砸中。船虽说一会儿跳上半空，一会儿陷入谷底，但都能找到大浪的空隙，乘隙而入，如果用“庖丁解牛”来比喻，那一波波大浪就是牛，而这只小船就像那把刀子，“彼节者有间，而刀刃者无厚；以无厚入有间，恢恢乎其于游刃必有余地矣！”

郑易生二人纵声欢呼。但似乎高兴得过早，一个测浪涌来，急浪下推上压，船一下倾斜起来，眼看要翻了！船长纳明辉猛扑向高高翻起的那一侧，以体重将其压了下去，极惊险地度过最后一关。

终于出了急流，3人这才哈哈大笑。

但笑声未歇，忽听到急促的哨声。3人回头一看，有船翻了！一人正被洪流冲下！

纳明辉急找救援绳，但急流速度太快，一眨眼工夫，那人已被江水裹挟而过。好在前面白船已就位等候，王啸天抛出绳子，那人一把抓住。王啸天急忙拉回绳子，将其拉到船边。原来那是另一只蓝船上的汤建忠船长。他翻船了。

白船上的孙姗去抓汤建忠，但孙姗力气小，拉不上来。朱云来一把抓住汤建忠救生衣的肩部，喊一声“一，二，三！”以最标准的营救姿势，用力一拉，同时自己身体后仰，躺在船上，汤建忠随之被拉上船来。

汤建忠急忙站起，往江中搜寻。他很紧张，不知自己的乘客是否安全。那只船上还有陈淮军、王道美夫妇，他们肯定还在水中。但江上毫无异状。往上游那险滩上看，那只蓝船倒扣在险滩下的一个回水区，也看不到人。

那对夫妻在哪里？人们心急不已。

那夫妻二人还被扣在船下，所以看不到他们。

米哲的黄船和Peter的白船冲进大浪。

他们这只蓝船下水的角度与前面的船一样，但运气不好，没有碰到大浪的空隙，不断被大浪冲撞，最糟糕的是大浪在船下不断地跳，两秒钟一次，船似乎失去控制，当一个侧浪打来时，船一下翻过去。

陈淮军和王道美紧紧抓住船边的绳索，落水后没有冲走。船长汤建忠手中有桨，无法固定自己，一下被抛入水中。他在水下抓到了陈淮军的身体，但怕把陈淮军也扯入急流中，立即放手，自己随洪流冲了下去。

船翻后被冲入山崖边的回水区，这里没有急流，但仍然浪涛汹涌。陈淮军夫妇觉得眼前漆黑，知道是被扣在船底，好在船底有空隙，还能呼吸。两人冲出船底，一个在船头，一个在船尾，夫妻彼此看不见，也爬不到船底上去。船随大浪不停地摇晃旋转，时不时撞到山崖上。就在此时，船长汤建忠顺流漂下，被同伴们救上船去。

大川与王石仍坐在双人划艇里坐阵，一看有船翻了，立即冲了过去。Ralf也划独木舟冲过去。他们要闯过回水区前的大浪。平时要避过大浪，但此刻是要迎着大浪过去，大川心知不妙，认为他与王石肯定要翻掉，但救人要紧，大川已看到此时没有人能救援了，唯有他们3人，只能冒险。

他们拼命划艇，大川坐在后排，见王石划起船来快速、有力而不慌张，如一部功能强大的机器，不由赞叹王石学得极快，令人惊喜。

在惊涛骇浪中，他们的双人划艇和独木舟有时如浪尖上的海鸥，随水势飞上飞下。有时又像水底的鱼儿，被大浪吞没，根本看不到在哪里。那船好像随时会翻，人们捏着一把汗。

好在幸运地穿过大浪，进入回水区。前边的王石伸手拉住大船的绳子，令两船固定在一起。后边的大川一跃而起，跳上大船的船底。他先拉住陈淮军的救生衣，身体后倾，将其拉上船底。立即回身再拉王道美。但王道美的脚被水下的绳子缠住了，拉不上来。大川问明情况，一秒钟也不耽搁，跳下水，潜入水下，为她解开绳子，跃上船底，再将王道美拉了上来。

大川整个救人过程——跳上船底、拉人、反身拉人、问讯、判断、跳水、潜水、上船，再将人拉上去，一共60秒钟，而且镇定、冷静，没有一丝耽搁，也没有一个多余的动作。王石在一边看着，不由感叹。大川平时看起来温和、内向、不善言词，但在紧急关头便显出杰出的才能。

大川站在猛烈晃动的船底向远处眺望。他不知汤建忠是否救了上来。此时呼喊声听不到，他连续拍打自己胸脯，引起远处队友的注意，然后右手拍

大川和王石成功地营救了陈淮军、王道美夫妇，他们从船底被拉上来，坐在翻过来的漂流船上。

Ralf的漂流技术过人，独木舟就像浪尖上的海鸥，随水势飞上飞下；虽然水浪凶猛，Ralf还是能很好地控制船只，在水里来去自如。

头顶。远处的米哲向他依次伸出手指，也拍自己头顶，表示“人都救出来了”。

大川舒一口气，一直悬着的心才放下。现在人都安全了，下一个任务是把倒扣的船翻过来。他环顾四周，看清形势，跟Ralf商量说，要把船拉到一个风浪稍小的岸边。他解下蓝船上的绳子扔给Ralf，Ralf挥桨划到岸边，将蓝船拉了过去。对岸的漂友们手拍头顶，向陈淮军问好。陈淮军也拍拍头顶回应，告诉大家他平安无事。

此时，杨勇却被扔到了左岸下游几百米处的山崖上。Peter船长的红船载着杨勇和伟怡漂过险滩时，正看到蓝船被大浪掀翻，进入了左边的回水区。Peter没有按计划向右岸靠拢，为了救援蓝船，紧急左靠，想回身营救。但急流将其冲下去300多米。见岸边有块突出的小小石崖，杨勇拿绳子跳了上去，想将红船固定在此。但水流巨大，红船急速下冲，杨勇用力拉绳，无奈力量悬殊，船将他扯得一下扑在岩石上，几乎将他扔下水去，手也松了。红船又冲下去约50米，才在一处小回水区泊住。

杨勇的手被船绳划破了，胸前的相机也被山石擦出划痕。他前面是咆哮的大江，背后是万丈悬崖，动弹不得。他只好坐在那里安心等候援救。Peter等人从船上下来，拿着绳子攀援上山，想到蓝船那里参与营救。但山崖陡峭，根本过不去，他只好想办法先救杨勇。

其他船只已在对面右岸的一处沙滩扎营。见落水的人都得到营救，大家安心了。隔着大江远远见杨勇低头看相机，还以为他在困境中怡然自得地玩相机，不由大乐，直夸他英雄本色。

此时在蓝船的对面岸边，摄影师李宏正浑身湿透、全身发抖着拍照。大家漂流时，他正站在险滩边摆好了机位。前面3只船过去，他把镜头调回来一看，蓝船已翻了，大川、王石和Ralf正冲过去。为了走到一个好机位拍下营救的过程，他一步跨入水中。本以为只是趟水而过，没想到江水一下没到他胸口。他急忙把照相机举起来。等走到岸上，身上全湿，冻得发抖，但仍坚持拍照。好在他的相机有两级防抖，照片不至于模糊。

大川要把船翻过来，但他只有5个人，这任务实在艰巨。在右岸扎营的漂友们无法跨越急流，干着急却帮不上忙。王啸天解下另一只独木舟，拿着两个滑轮冲过去。他先逆流而上，行至蓝船对面时，观察一会儿水流，然后猛地切入江心那股急流。但急流立即将他击退，他虽奋力划桨，但几秒钟后，他已被冲下100米。好在100米之后，他终于成功越过急流，到了江心左边。他再调转船头向上游划去，不一会儿与蓝船会合。大川与王石已攀援到山崖上，将绳索固定在那里，准备找个着力点将船拉起来。

大川将两个滑轮固定在山崖上，几个人一起拉绳，但船体太重，不见起色。他们又重新安装了一条绳子，仍不起作用。

一个小时过去，天快黑了，船仍然没有翻过来。如果是白天，大川不怕，顶多费些时间，但马上天黑，他们什么装备也没有，也没地方过夜。最糟糕的，即便船翻过来，他们仍要进入激流，而且从回水区进入急流更加危险，很可能被急流打回到山壁上。他非常担忧，但一点也没有流露出来。

此时，在他们下游300米处，Peter已将杨勇救出，并冲过急流，回到右岸营地。此时风大天冷，大家赶紧生火做饭、搭帐篷，以让蓝船上的人们回来后能立即喝上热水、有地方换衣取暖。

又快一个小时过去，蓝船仍趴在水中。大川决定将船上的大防水袋解下。他们潜入水底，将一个个防水袋解下放到岸上。船体轻了好多，5个人一起用力，终于将船翻了过来。

大家安上滑轮想把船翻过来

营地的人们得知信号，Peter来跟吕植商量，哪位会游泳？可愿跟他一起划船到接近急流的地方，准备援救。因为水急风大，大川他们冲过来，仍有可能翻船。此时已是晚上8时，天已全黑。如果不接近急流打着手电等候，根本不可能看见落水者。而且，如果Peter这只船冲入急流中救人，也有可能被掀翻。

曾强立即站起，跟随Peter冲进江里。

蓝船那边已将防水袋重新捆扎在船上，并将一只双人划艇也捆上，准备冲滩。天黑漆漆的，李宏的强光手电远远照在他们身上，才让营地的人看到一点影子。吕植手持孙姗的望远镜观察，旁边围着一伙人，都想把望远镜抢在手里，但吕植霸占着不给。

刘鉴强问："看得清楚吗？"

吕植："还行，一、二、三、四，四个人在船上！"

刘鉴强："我看看我看看。"

吕植："只能一个人看，不能这个看一眼那个看一眼，那会错过整个过程，只能一个人看，呵呵。"

吕宾说："快报告情况嘛。"

吕植边看边实况转播："可能船还没有松绳，还在回水里面漂荡。一个小船划出来了！那是独木舟。出来了、出来了，大船出来了——哎呀，风太大，我眼睛里全是沙子——出来了出来了！"

吕宾："在往我们这边靠吗？"

吕植："在顺着那边的悬崖边上走。很慢，走得很慢。Peter的船在浪的这边。在冲浪了，在冲浪了！"

吕植："进浪区了，是大川在划船。"

"现在怎么样，怎么样？！"人们急问。

吕植："没问题没问题，过来了！冲过了一个浪！又冲过一个！还剩最后一个大浪了！啊，过了过了！好了！"

不一会儿蓝船靠岸。人们欢呼着迎上去，将英雄们接下来。笑声、问候声响成一片。天依拿着衣服送上去："谁要衣服？谁要衣服？"有人夸陈淮军夫妇："哎呀，真不错。本来我们说要考验新婚夫妇，没想到考验了你们夫妇啊。"有人赶紧将他们夫妇领进帐篷里换衣服。

王石还来不及换衣服，就兴致勃勃讲起感受：

打灯帮忙营救

“我们把船翻过来，都准备好回来了，大川不走，说：‘让皮划艇先走，他们没问题了我们再走。’他要保证大家的安全。然后他要从回水冲进主浪中。真正让人惊心动魄的，就在这个时候。我们冲进去后，有几个突出的岩石，我们碰到了两次岩石，但在大川的操控下，都是船头或船尾碰到石头，如果是船侧身碰到就完了。在那紧要关头，他‘啪啪啪’几桨，就出来了。那才体现出经验和技巧。我完全体会到那种惊心动魄，体会到那种美。”

大家围坐在篝火旁兴奋地交谈。据说江上有个规矩，哪个船长要是翻了船，就要罚他用鞋子喝啤酒。大家怂恿汤建忠喝啤酒，他脱下鞋子，到江水里冲了冲，然后将啤酒倒在里面，一饮而尽。大家一阵哄笑。有人说：“不是两只鞋吗？”又一阵大笑。有人打圆场说：“做人要厚道嘛。”

大川说：“我们漂流的人有一句话：‘你要么是曾经翻过船，要么将要翻船’。意思是没有人不翻船。米哲在这条河上翻过船，啸天翻过船，纳明辉在别的江上翻过船，我在中国西南部也翻过很多次。翻船是肯定的，关键看造成了什么后果。漂流之所以有魅力，就在于有很多不可预料的事情。关键的问题是怎么来判断，如果你觉得后果很危险，那这一段就不要漂，跳过去。这一段金沙江有一个好处，你即便翻了船，也不会有生命危险。”

大川的父亲Peter说："1971年，我像大川这么大，我带我妈妈去科罗多拉大峡谷漂流，结果一个大浪把船掀翻了。我妈妈现在83岁了，还对这个经历津津乐道。1997年，我带我老板到科罗多拉大峡谷漂流，船也翻了，老板也没有把我解雇。"

大家笑起来。

吕植说："我们来听听淮军的感受吧。"

陈淮军倚在沙地的一块石头上，说："我今天有两种感觉，第一，很遗憾。我15岁时看了日本电影《青春的证明》，里面讲一个小伙子跟他女朋友碰到了歹徒，歹徒要欺负他女友。一个警察跟歹徒打了起来。那小伙子如果上去帮那警察，就能制服歹徒。但他小胆，没有上去，警察被歹徒杀了。我就想，如果我是那个小伙子，我会怎么办？我也胆小。从此我就随身带一把刀，直到现在，25年了。我跟我老婆出去，总要随身带刀，保护她。我想，如果碰到歹徒，我跟他打吧，打不过，带把刀肯定能壮壮胆。如果手上有刀还不敢打，那就是我的问题了。

"今天一下子翻了船，呛了一口水，头又被船砸了一下子，幸好砸得不狠。我一睁眼，看到有条缝里透光，我就摸着出了船底，出来第一件事是喊老婆：'老美！'她没答应，我很紧张，再喊第二声，她在船那头答应了，我放心了。我一伸头，看见她抓着绳子的双手了。这时候我就想爬到船底上去把她拉上来。但我试了十几次，筋疲力尽，根本上不去，直到王石和大川赶上来救我们。我的青春还是没得到证明，没把老婆拉上来，真是太遗憾了。"

他微笑着摇头。大家听着他的话，无不感动。

陈淮军接着说：

"第二，我很幸福。我头一天来的时候，大家在谈自己为什么来漂流，我话到嘴边没讲出来，怕有人骂我拍王石的'马屁'。我为什么要来？因为王老大（王石）来，所以我就来。他来参加，我时间能错得开，就跟他来了，其他什么想法也没有。今天一看王老大和大川来救我，我太幸福了。我老婆也没事了。天黑了后，一直有手电筒照着我们，我以为他们在摄像，后来才明白过来，他们是在为我们照亮，帮忙营救我们，大家都在关心我们。上了岸，帐篷给我们搭好了，开水也送上来，我们心里很温暖，感谢大家！所以，今天虽然有点遗憾，但又很幸福、很快乐。"

有人笑问："现在对江河，对大坝，你的态度有没有什么改变？"

他笑道："如果有什么办法可以替代煤炭的话，我就不支持建大坝。"

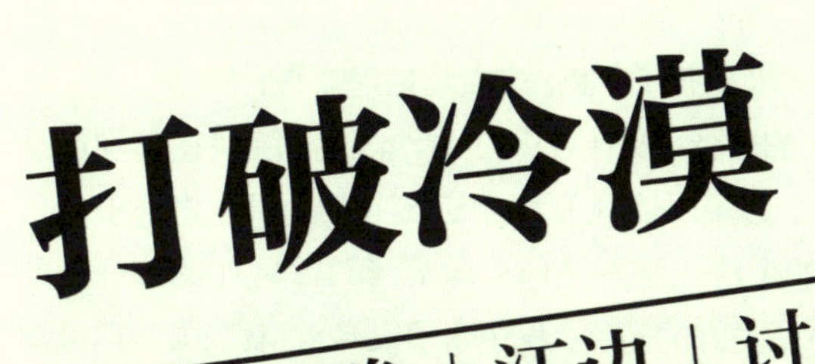

打破冷漠

4月7日晚 | 江边 | 讨论如何拯救金沙江

我建议让支持建水坝的领导也来漂流，他们知道这里美丽的景色会被破坏，就不支持建坝了。

因为第二天（4月8日）漂流到梨园电站坝址时，马军、王石、邓中翰、陈淮军夫妇和曾天依将告别大家，中途回京，吕植建议在他们走前的这一晚聊一聊，谈谈有什么收获。

邓中翰喝了一点二锅头，在火堆边打了个盹，这会儿坐起来说：

“短短三四天过去了，我来的时候，期待看一看金沙江、虎跳峡在建坝前是什么样子，这几天我如愿以偿了，这美丽的风光将永远刻在脑海中。将来不仅自己回忆，还可以告诉别人，美丽的金沙江原来是什么样子。第二，在座的每一位参与江河保护的朋友，都给我留下了美好的记忆，我还学了很多水利、文化、环保知识，了解大家的看法，我要带回去，以后我也许为环保做些努力。第三，参与好朋友的婚礼，非常奇特的婚礼，真是前不见古人，后不见来者，所以我非常兴奋。我今天一直跟李星说，我一直被深深地感动——可惜我没抢到新娘扔的那束花。第四，我们今天经历了这个救援过程，是一辈子难忘的重要记忆。我有这么多收获，很满足了。”

王石说：

“刚来的那一天，每个人都要讲对这次漂流有什么期望，我说我不知道。探险是不可预期的，从而带来很多意想不到的收获。没想到，这次不可预期的收获比我预想的还要多。我收获最大的一点是，就像大家今天上午讨论的，如何在社会上形成一股环保的力量，如何让涓涓细流汇成大江。中国人做事喜欢满腔热情，劈里啪啦当爆竹放了，地上一片碎屑就完事了。但要成事，就要做涓涓细流的小事。像吕植这次做的，把各种资源动员起来汇在一处，如果不能说是汇成大江，最起码也成了有响声的溪水。这是让我感到有希望的。

“这几天挺开心的，又结交了另一个圈子的朋友。今天他们的营救过程给我印象极深。他们每个细节都做得相当好，如行云流水，又细致扎实。我们改革开放30多年了，但做事还是很粗糙，包括我个人，包括万科。如果我们要继续成功第二个30年，必须学习他们做事认真、细致的态度，学习他们对每个细节的严格要求。这对我来讲，也是一次职业上的训练。

“我有深刻体会的，还有一点：为什么在中国做事这么难？过去人们老抱怨体制，老抱怨官方限制。但我觉得好像不是，原因还有我们的冷漠。我去过两次以色列，给我印象最深的是大屠杀博物馆。参观之后，我突然意识到，为什么我对这个感兴趣？答案是，这是第二次世界大战中的大事件，而且以色列人以非常强大的力量宣传这件事，将其构成一个国际事件。我只是在追究一个大事件，好成为我的谈资。但我们也有一个南京大屠杀纪念馆，我去过南京好多次，在南京也有公司，但从来没去过南京大屠杀纪念馆。我作为中国人，却对发生在中国人身上的大屠杀不感兴趣。总之，中国人对不涉及自己的事不感兴趣。我不是在批判别人，而是在批判我自己。我从以色列回来后，就特意去了南京大屠杀纪念馆。

"想到这一次漂流，何尝不是如此？你们这些环境保护者都在为金沙江忧心忡忡，但一开始，我觉得好像和我没关系。但我又自称是一个大自然热爱者，环境保护者，我是阿拉善生态保护协会的会长。但为什么金沙江马上要被淹了，大坝马上要建起来，我还能不在乎？我们这个民族有冷漠性，有犬儒主义，只要不影响到我，我就可以说着无关痛痒的风凉话，做出一种出世之态。

"我在以色列参观时，有学者告诉我，他们也在反思。当时如果没有犹太人社区上层与纳粹的合作，屠杀也不可能那么有效率。实际上我们何尝不是呢？我们对于社会上不正常的东西一直在回避，总是把责任推到别人身上，跟我没关系。

"现在我觉得，我不能再冷漠，应该利用我的一些力量，动员更多的人来参加。首先从我们自己做起，不要去抱怨政府官员，真正的问题在于我们自身。如何来改变？只有参与。我希望大川能尽快组织商业性漂流，这样才能让更多的人来参加。我愿意用我的一些资源，动员起来，来推动这个事，改变我们国人冷漠的心态。"

大家也让天依说几句，天依站起来说：

"我这次重新认识了'水坝'和'漂流'这两个概念。来之前我挺支持建水坝的，认为烧煤去发电太浪费资源了，建水坝比较环保，但现在我才知道建水坝破坏环境；我原以为漂流不安全，其实不是这样，因为船长们的严谨安排，其实一点都不危险。"

众人笑起来，王石夸道："连'严谨'这词都会说！"

天依继续说："我建议让支持建水坝的领导也来漂流，他们知道这里美丽的景色会被破坏，就不支持建坝了。"

大家笑了，孙姗夸她："太棒了，天依太棒了！"

马军第二天也要走，他动情地说：

"我很留恋，不想走。Rob说的话很对：'这条江不只属于人，她属于万物。'但是，江里那么多鱼不能保护这条江，保护她还是需要人，因为在毁坏她的是人。每一代人都肩负着责任，把他从自然、从前代人继承下来的优秀自然和文化遗

金沙江是人类的财富，更是很多生命赖以生存的家园；我们人类有责任去保护传承这一伟大的自然遗产，而不是去破坏它、毁灭它。

产传承下去。而我们这一代人有更多的责任，这一代人经历最大规模、史无前例的工业化、城市化过程，我们可能在20年里把最优秀的自然遗产破坏殆尽。中国2004年成为水电第一装机大国，计划到2020年实现它的3倍，就是要达到世界最大规模的3倍。这样我们西南的江河，包括雅鲁藏布江，几乎都被破坏。

“这次漂流最让我感动的，除了奔腾的江水、壮丽的峡谷，还有岩石上的‘鱼舔石’，那是水中生命的象征，大自然也属于它们，它们有权利生存下去。”

吕植说：

“我们在工作中经常被分类：我是科学家，你是官员，他是企业家。实际上我们在这么一个自然的环境里，意识到我们有更多的共同点。那些分类限制了我们去分享美好的东西。就像今天Peter祝福曾强和牟正蓬时说的，‘你们之间的爱是把所有人带到一起来的那种爱’。我们有那种美好的感情，可以把不同的人带到一起来，包括要保护自然的紧迫的感觉，也将我们带到一起来。

“我刚才跟孙姗说，这次旅行对我们有很多触动和影响，实际上我们这些环境工作者才是被影响的人。我们从大家身上学到很多，我们要考虑一下，‘山水自然保护中心’怎样更好地做下去，北大‘自然与社会研究中心’怎样更好地做下去。”

天依忽然又说：“我再说一句，完善一下我的建议。”

大家又乐了，孙姗说：“快说，我最喜欢听你说。”

天依说：“我突然想到，更重要的是要带水电工程师和老板来漂流。但是呢，我又想，如果真带他们来漂流，他们看到这么美好的自然，也未必就不建大坝了，因为他们还是觉得自己赚钱更重要。但如果展现给他们的不仅是风景，还让他们知道，如果搞自然旅游的话其实更赚钱，他们也许就改变主意了。”

大家大叫起来：“小姑娘，太棒了！”“这是谁家的女儿啊，这么聪明！”“有战略，还有策略。”

吕植说：“我们请你做顾问好吗？

曾强看着女儿，得意地嘿嘿乐。

人们一直很想听听王石对登山和漂流的对比。王石说：“登山与漂流完全不同：登山过程很痛苦，登上之后很快乐；漂流是整个过程都很快乐，你享受整个过程。”

风渐渐小了。大家累了一天，一个个睡去。越来越多的漂友跟着老外朋友学，也不搭帐篷了，只是钻入睡袋中，望着满天的星星睡觉。第二天早上起来，虽说满头满脸满嘴的沙子，但觉得自己与大自然间又亲近了一层，也别有一番风味。

再见，金沙江

4月8～11日｜船上｜最后的漂流

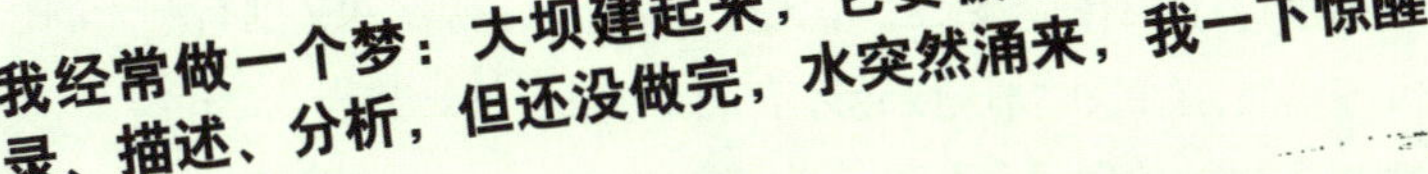

我经常做一个梦：大坝建起来，它要被淹没了。我着急地来拍照、记录、描述、分析，但还没做完，水突然涌来，我一下惊醒。

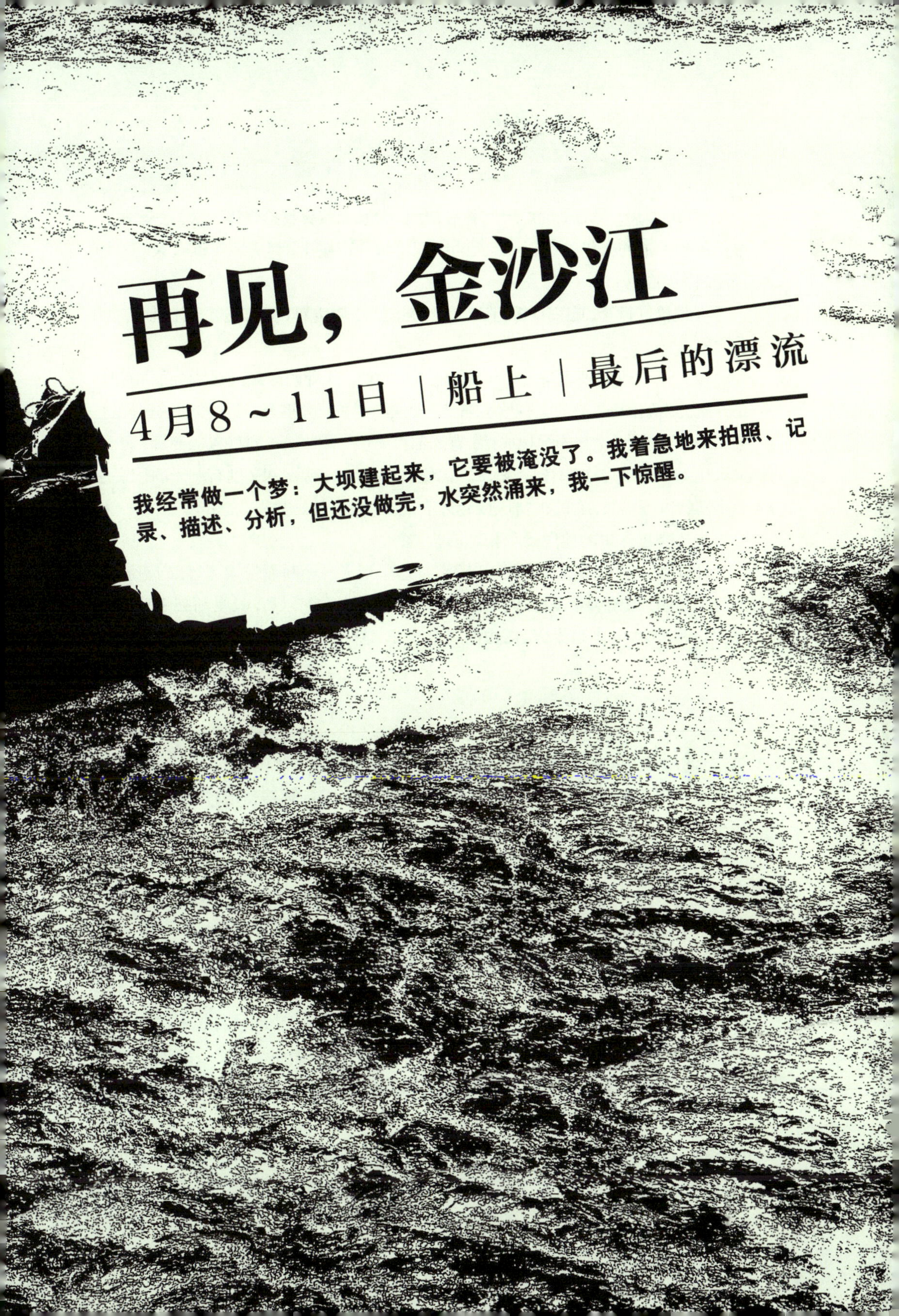

4月8日早晨，太阳金灿灿地照着宿营地。大家光着脚收拾帐篷睡袋。在曾强、牟正蓬和天依的帐篷旁，那块大大的红双喜绑在山崖上，喜庆地告诉大家，这里是新婚夫妇的家。

等收拾好行李，吃完早饭，阳光更加强烈，沙地烫脚，大家这才穿上鞋子，上船启程。

今天王石改划独木舟，大川等人在边上教他。此处两岸风光极为壮丽，有时是开阔的山坡田坝，有时又有悬崖绝壁，就像刚刚被巨斧劈开，让金沙江快速冲过去。山壁各有形态，有的绿树成荫，有的洁白无瑕，有时如一列直直的高墙，有时又风化如一根根房柱。有时一块巨岩挡住去路，绕过去后，却又别有洞天。山崖上有丰富的纹理褶皱，有的被挤压成S形，有的如波浪，绵延数里。

杨勇聊起这里的地理景观和地质构造：

“欧亚大陆和印度板块积压以后，在这里形成一个断裂带。金沙江向南流到丽江石鼓后，顺断裂带发育，调头向北。大约80千米左右以后，又受断裂带控制，再次拐弯，再由北向南流，最后由西向东流去。这个历史性的转折决定了中国东部的命运。”

洪海问：“这个地质现象特别吗？”

杨勇：“非常特别。纵观全球的地质和地貌形态，只有在横断山区形成了山高谷深、江河并流的特殊地质地貌单元。这一带江河特别密集，特别发育，同时青藏高原在近几百万年中一直上升，所以江河对地貌的切割、再造作用非常强悍，才形成金沙江、怒江、澜沧江等非常纵深的峡谷。在整个地球上，这样一块特殊的地质地貌单元是独一无二的，是一个奇观，也是地球上的一个地理标志。

“你看那些褶皱，那是地质活动的结果，地质活动对地层的作用，就像我们手里拿着一本书，你想怎么揉就怎么揉。地层是一层一层的，也像一本书。这些地层起初是水平的，但多次构造运动对这些像书本一样的地层重新改造，改变为另外的形态。我们从金沙江切割出来的这些地层看到，有的岩层是直立的，有的岩层弯曲了，有的还断了，可以想象这种地质力量是多么巨大。而这种现象目前还在活跃之中，所以在这种河流上进行工程建设，就要考虑地质背景对大型工程的影响。地质运动有几个特点：一是渐变，也就是地质比较均匀地变化；二有突变，突然一个巨大的地质力量改造了地质景观；三是‘灾变’，这是近几年地质科学家提出的新观点，主要是针对人类而言。在这个地质活动当中，可能有一瞬间的突然应力释放，或者是一次巨大的地质运动，给人类带来灾难性的变化，比如地震就是

金沙江峡谷犹如一个打开的自然历史博物馆，两岸的峭壁或直立如柱，或绵延如波浪。从这样的峡谷中经过，不由会生发出一种谦卑之情，赞叹和敬畏大自然的伟大神奇。

险滩中的队员

杨勇讲述金沙江的地质景观

灾变过程，火山爆发也是灾变过程。所以我们在进行开发建设的时候，特别是在横断山这样地质背景极其复杂的区域，更要慎重。

“这个地质变化在横断山非常丰富多彩，所以地质学家称横断山为地球上的‘地质博物馆’，因为它经历了两大板块撞击和多次的造山运动，留下来丰富的地质形态。”

孙姗问：“你原来是研究地质的，而且起初支持建电站，后来怎么发生了转变？”

杨勇说：

“我当时考察河流，初衷是对河流的自然记录，比如说植被情况啊、地貌啊、灾害点啊。20世纪80年代末争论三峡水电站的事，很多专家反对，其理由之一是，金沙江流域采伐森林，水土流失非常严重，金沙江每年要向长江输送很多泥沙，会淤积三峡水库。有一个考察组到攀枝花来考察金沙江，因为有很多专家认为，不应该建长江三峡大坝，应该建金沙江的几个骨干水电站。我就去找他们，把资料

强烈的造山运动使岸边的层层岩石反复折叠，就像是被造物主的大手随意扭曲成的一本书。

给他们看，我认为应把金沙江这一段的骨干电站建起来，再进行植被恢复，改变流域气候，整个生态环境改善、泥沙减少以后，再来建三峡水库。

“我看到了虎跳峡这个大拐弯，如果落差利用得好，可以建一个千万瓦级的水电站。三峡的设计是1740万，虎跳峡就能获得1500万，而且跟三峡移民100多万比，移民少，对下游的泥沙还有控制作用。

“但1998年以后，我的想法改变了。我在那一年漂流雅鲁藏布江，国家也实施了西部大开发。我走的河流多了，看到了河流上游区的沙漠化和草场退化问题。我觉得应该对西部的这些自然资源，包括江河，要重新认识，不能单一地从经济角度看问题。但那个时候在横断山区的水电站已开始建了，越建越乱。后来随着研究越来越深入，比如说了解某地的地质背景、建水坝和地质活动的关系，我的态度就改变了。当然，我不是一味地反对建水电站，但建水电站要建立在科学基础上，要把相关问题研究透彻，而且不仅仅是科学问题，包括民生问题、包括生态问题。

“横断山区通过江河的切割把这些地质形态展现出来，但如果建了水库，这些很有科学价值的地质景观就被淹掉。因为水库淹没线以上都是一些植被和风化的土壤之类，现在江面上看到的这么清晰的剖面，山坡上都看不到。修了水库后，更看不到了。

“我是把整个金沙江河谷走完了的，这本地质巨卷非常激动人心，我仿佛看到历史上波澜壮阔的地质运动，在横断山给人类留下了宝贵财富。如果是国内外的地质学家能看到这些痕迹，他们也会激动的，但它将要被水库给淹没了，这是多么痛心的事。

“江河就像人类的血脉，密集的大坝把这血脉切断了。如果这里的‘一库八级’电站建起来，虎跳峡以上农业发达的宽谷将没淹没，损失20万亩良田，超过10万百姓将失去家园，被迫搬迁。著名的虎跳峡大峡谷、以下的其他峡谷也将被淹没。如此一来，这个世界罕见的壮丽峡谷将彻底消失。这种行为疯狂、丧失理性、贪婪，但我们阻止不了。

“我经常做一个梦，我看到非常有价值的地质剖面，而这个剖面面临着消亡，在梦中看到：大坝建起来，它要被淹没了。我着急地来拍照、记录、描述、分析，但还没做完，水突然涌来，我一下惊醒。”

下午一点多钟，接近梨园大坝工地时，初次来漂流的人不由被眼前的情景震惊：他们似乎到了另一个世界，另一个破坏得面目全非的世界。推土机“轰轰”响着，沙石“哗哗”而下，将植被淹没，再跌入江中。右侧一个山体似乎被炸掉，山体下建起了电站的建筑。卡车往来穿梭，推土机、挖掘机处处轰鸣，给大地开膛破肚。黄尘弥漫，黑渣遍地，美丽的峡谷一下子变得无比丑陋。在一处破败的山体上，挂着一个长长的红色条幅：“热烈欢迎中国华电集团公司系统各位领导与专家一行莅临梨园水电站视察指导。”

这个电站尚未得到国家批准，是未批先建、先斩后奏。

大家沉默着，静静地漂过这段工地，在上游处左岸一个沙滩停下来。王石、马军等人将从此处上岸回京。大家都很严肃，气氛压抑。

“山水”的吕宾问马军：“在这个地方告别金沙江，心情怎样？”

马军说：

“心情很沉重。我知道梨园是‘一库八级’的第三个梯级电站，但‘梨园’原来在我心中只是一个名称，今天到了这里，‘梨园’已从一个符号变成了活生生的形象。它是我所见过的最壮丽的峡谷之一，既有地质学上的珍贵价值，也有生物多样性方面的珍贵价值。这一段还没有被人类过多打扰，保存完好。但今天走到这里，

上图　阿海大坝工地
下图　已经截流的工地旁，江水从引流洞流出，大坝已经开始建设。推土机、挖掘机在为峡谷开膛破肚。

我们看到极大的反差：刚刚经历了极其壮美的峡谷，非常的平静，只有滔滔的水声，但突然之间，你还没来得及做一个心理调整，就进入这个巨大的工地，看到两岸受到了这样严重的破坏。那些渣土乱堆，泥浆直接排到江里，都不符合法律规定。更为严重的是，这么大的工程，竟然还没有得到批准，它的环境影响评价报告还没有递交到环保部去审批。可见现在的乱建坝问题有多么严峻。回去后，我们会给有关部门一个意见书，强烈呼吁依法进行环境评估之后再审批。"

曾强说："我没有想到中国会有这么美的山川。过去我们为美国和欧洲的自然风光所震撼，但从来没想到我们有更美、更多人文历史意义的金沙江。我们一路看到这么壮美的山河，突然又看到梨园大坝，看到少数人在为个人利益去摧毁我们的山河，我好像看到了一群人正在扼住母亲河的咽喉。我很愤怒。"

王石、马军、邓中翰、曾天依、陈淮军夫妇登岸离去，其余众人默默划桨前行。大家时不时回头看看那一片狼籍的工地。一人叹道："真是山河破碎。"

刘鉴强说："杜甫说'国破山河在'，可如果山河破，国何在？"

曾强看着远天，轻轻叹道："这么说，我昨天结婚的地方也将淹没，再也看不到了？"

没人能回答他的问题。

3天以后的中午，他们终于再也无法前行——前面横亘着另一个大坝：阿海电站。大江被截流，江水从山体上凿出的导流洞引走。河床裸露出来，各种工程设施繁忙嘈杂地运转着，一座巨型钢筋混凝土大坝正在建起。这又是一个未经环评批准的大坝，曾引起很大争议，但眼下木已成舟。

在行程的最后一段，大家把所有的船连在一起，随静静的江水漂下去。大川又拿出长笛吹起来，那幽咽的笛声回荡在峭壁和深谷中，给大江更添一份凄凉。

笛声停了，大川低沉地说："感谢大家。这10年来，我一直期望能带更多的人到金沙江上来，来认识她的美，来保护她不受伤害，谢谢你们让我做到了这一点。但我只是个外国人，这条江是你们的母亲河，能不能保护母亲河，不取决于像我这样的人，而是取决于你们中国人。"

没有人说话。宽阔的大江上，几只小船如同几片树叶，缓缓朝远处的大坝漂去。

上图　人与自然完全融合在一起。
下图　大坝就在眼前，船只无法前行。

几只小船缓缓漂在平静的江面上……

代序记

我们有必要和读者交代这段深植于我们记忆中的江河现在的命运。

漂流之后，虽经大家共同努力，以文字照片影像多种方式多方游说，但仍无力挽回梨园和阿海水电站的建设进程。事实上，从2007年开始施工，直到2008年才申请环境影响评价的梨园水电站，在我们漂流一年多以后，于2010年下半年截流，进入坝体的施工。

无独有偶，从2009年4月漂流到现在的两年多内，金沙江中游水电开发也一再登上中国环境新闻的头条。

2009年6月，国家环保部叫停金沙江中游另外两座电站——理由是“未经环评审批擅自在金沙江中游建设华电鲁地拉水电站和华能龙开口水电站，并已开始截流”。环境保护部决定暂停审批金沙江中游水电开发建设项目，并在有关会议上指出：“水资源的开发利用，必须在保护生态基础上有序开发，杜绝大、小公司‘跑马圈水’、‘遍地开花’和干支流‘齐头并进’的现象，尤其是西南地区，那里是我国生物多样性最丰富、生态保护压力最大、地质灾害最为频繁的地区。在开发中，必须结合流域开发规划和规划环评的结论，按照国家法律法规严格实行项目环评审批制度，根据环评审批文件指导水电开发项目的环保工作。”

同年，两座电站低调地“补上”了相关手续，继续施工了。其他电站更是以争分夺秒的态势，抢时间催进度地赶着提前完工。金沙江中游规划的一库八级水电站，除了虎跳峡（龙盘）因为过于敏感尚未上马，其他7个大坝都已经在施工中。

漂流之后，我们也一直以民间机构的方式参与梨园电站的环境影响评价公众参与的法律程序。山水、公众与环境研究中心、绿家园、自然之友等机构共同参与梨园电站环境影响评价的公众参与程序。2010年10月，我们终于收到了施工单位的答复，对于我们提出的梨园电站违背全国生态功能区划、龙头水库方案不定（葛全孝说的领导答应他们绝不上马的那个水库）便开始下游电站施工，淹没与影响虎跳峡和虎跳石等著名景观，影响玉龙雪山国家级风景名胜区，影响鱼类繁殖等进行说明。这些答复顾左右而言他，实难令人信服，然而其时，当地的观察者告诉我们，梨园电站已经截流。我们参与的“程序”真的只是程序而已。

为示郑重，2010年底，在向环保部提交对“梨园水电站公众参与答复”的回复时，我们在封面信中写到“金沙江是中华民族的母亲河，又是一条有着世界级价值的河流，开发金沙江是关乎中国人民和子孙后代的大事，理应本着负责任的态度，严格按照国家法律规定的程序和步骤，对可能带来的环境、社会、地质等影响进行综合的评价，不应该为了短期的利益和考虑匆忙上马。”

当然，这些，面对已经截流的大江，只是挽歌，金沙江已经“大势已去”。可以说，虽然我们的漂流队伍不乏实力，群情激昂，之后也积极跟进，但是对于改变金沙江的命运，并无实质作用……

和编辑讨论书稿的时候，我一直建议登出一组照片，内容是我们在美丽的河滩上，米哲和Peter Winn为我制作生日蛋糕的过程。使用厚厚铁壁的Dutch Oven，烧炭，用小树枝生了火，烤出的蛋糕上用事先准备的奶油写字，星空下，大家头灯照射着切蛋糕、生日歌和祝福……编辑说：咱们讲的是一个环保故事，登这组照片是不是显得我们这个过程过于娱乐，不够庄重。可是我难以向读者们解释，这些记忆，在金沙江上的那些枕着江水的声音入睡的日子里，即使想到后来这些河段的命运，却并未让我感到绝望和悲伤，似乎大自然治愈的力量是无穷的。

我也采访了曾强、牟正蓬和曾天依，问他们漂流结束两年了，有什么变化，适逢要祝贺曾强和牟正蓬的儿子兔兔刚刚过了百天。他们说：“漂流旅行当时的使命感很强，遗憾的是当时的使命没有实现，梨园和阿海都按部就班地在建。也不能说漂流对我们的日常生活产生了什么影响。但是现在有了儿子，总会想，兔兔们长大了，中国还有多少自然遗产可以留给他们这一代。我们年轻的时候走遍了祖国的大好河山，可是现在故地重温的时候都是在感慨和叹息中完成了旅行。雅鲁藏布江的上游又在建坝，原来的秘境也会消失。看起来不只当时的金沙江的使命没有完成，而且又有更多地方都消失了。我们当时希望通过关注公益的人士参与，呼吁改变已经进行的事情，难免急功近利，也没有取得实质的结果，但是不能抹杀活动的意义。当时十岁的天依‘偶然’参加了旅行，在她心中种下了种子，对她影响很大。最近天依在学校，自己完成了一个多媒体作业，讲她理解的环境的变化。等天依们长大了之后，很自然就会有不同的选择。”

记得我曾经问起一位美国的同行，关于他观察到的中国环境工作有何不同。他说，大家都非常勤奋努力，也非常执着于取得“成功”，但是很多人没有时间去爬爬山，看看河，因为工作太紧张了，要打的“仗”多得打不过来。他说，一位早年保护美国西部荒野的作家Edward Abbey曾经说：仅仅捍卫土地是不够的，可能更重要的应该是去享受它——趁着它还在那里。

行走在中国西部的山水之间，看到国家因为经济、发展、稳定等原因，惯性地无意识地找到破坏的理由，令最后的自然和文化遗产消失。环境危机引发世界范围内的各种反思和运动，抵抗污染，爱护动物，保留自由流淌的江河。然而，治理、恢复、拯救的脚步，似乎永远跟不上破坏和消失的速度。希望在哪里呢？

很多人说，希望在下一代人，不在我们这一代人。我觉得，希望在每一个人。大自然的力量是无穷的。我们的“使命”也并不是保护金沙江，而是重新认识和发现我们自己。人在现代社会的焦虑中，只有在自然的怀抱里，才有可能认清自己的内心，看到个体和大自然的连接，摒除自大，重获内心真正的平静，并获得绵绵不绝的力量。拥有这样的力量，无论是守护自然，抑或抗争不公，创造更美的世界，那出发点都是真正的爱，而不是怨恨和自我炫耀。到那时，真正的改变才是可能的。

印度著名作家阿拉达蒂·洛伊（Arunidhai Roy）说：另一个世界不光是可能的，而且她正在到来。也许我们中的很多人等不到看见她的那一天，但是当尘嚣渐隐，我屏息倾听，我可以听到她呼吸的声音。

我们籍以此书和读者分享：在金沙江上，我们每一个人，都听到了这声音。

孙姗

2011年10月31日

中国国家地理
CHINESE NATIONAL GEOGRAPHY

北京全景地理书业有限公司

亚洲

这里是茂密森林的家园，这里是珊瑚礁的乐园，这里有无穷无尽的沙漠以及世界上最高的山峰：这里就是亚洲。《亚洲》是近年来第一本全面介绍亚洲自然美景的精美图文集，书中的44个地区展现亚洲地区标志性的自然美景。本书360张精美的图片、散文式的语言娓娓道来了这些自然景观的地理成因、动植物分布、人文历史等知识，描绘出一个人与自然和谐的祥和画面，犹如一部壮丽辉煌璀璨耀眼的亚洲自然史卷。

作者：斯特凡诺·布朗碧拉　装帧：16开硬封精装，320页
定价：68.00元　出版日期：2010年6月

非洲

一本非同寻常的非洲精美图文书，一次关于野性非洲的原始自然之旅，在这里仍然有无数种动植物还没有被人类所熟识，本书将带您穿越这片广袤大陆，体验高山、沙漠、热带草原和森林……

从地中海到好望角，这里保留着大量的几乎处于原始状态的自然资源，还没有遭到人类的污染和破坏。遍布的众多国家公园里，保护着地球上最稀有、最著名的野生动物。本书将带您体验非洲无穷无尽的魅力。

作者：乔凡尼·朱塞佩·贝拉尼　装帧：16开精装，304页
定价：68.00元　出版日期：2010年6月

全球最美的自然景观

在我们的星球上，有着无数异常美丽的自然景观：壮丽的维多利亚大瀑布，无穷无尽的撒哈拉沙漠，终年冰雪覆盖的喜马拉雅山脉，神奇的大堡礁，亚马孙流域美丽的热带雨林，崎岖美丽的挪威峡湾……本书使读者从地质学、生物学以及美学的角度，包揽了大自然所型塑的最为瑰丽的奇景。这是自然之力的尽情宣泄，是摄影大师与优秀作家共同缔造的永恒印记。

作者：罗伯特·摩尔　装帧：16开精装，328页
定价：68.00元　出版日期：2009年7月

国家公园

本书将带领我们穿越自然，探险最为美丽的自然保护区。书中，摄影大师与作者用独特的镜头语言和优雅的文笔，为读者介绍了世界上最为秀美的自然保护区和其中栖息的美丽生灵。透过本书，读者将惊讶于地球上最珍贵的动物；看到现实中存在的梦幻般的美景。本书用令人炫目的照片和优美清晰的文字，让读者享受本书所带来的难以置信的自然之旅。

作者：安吉拉·艾朵斯等　装帧：16开精装，328页
定价：68.00元　出版日期：2009年7月

全球急需保护的200个地方

本书旨在收集地球上目前保留完好、亟需人类保护的自然奇迹。在这些景致面前，言语也难以陈述，只有最真实生动的图片才能向读者展现它们的绝美壮丽。书中介绍的238个地方都有着全球最丰富的野生动植物资源，其自然价值及重要性难以估算。这是一次真正的自然视觉盛宴，读者们不仅可以享受到地球上不为人知的宝藏，同样还能了解多年来生物学家和科学家倡导的保护措施。正是他们的行动，促使我们环保意识的提高，而只有我们人类共同努力，才能让这些独特的自然瑰宝永存。

作者：西蒙娜·佐丹奴等　装帧：16开精装，304页
定价：68.00元　出版日期：2010年7月

欧洲

如果你想去欧洲旅游，一定要提前看看这本书。顶级摄影师走遍欧洲的国家公园，精心拍摄了近四百张高质量图片，这些图片会让您爱不释手、爱上欧洲。本书全面介绍欧洲的自然景观，详尽展示了42个国家公园和自然保护区。系统地介绍了欧洲沧海桑田的历史，温和宜人的气候，丰富多样的生态，源远流长的文明。

作者：弗兰科·安德昂　装帧：16开精装，304页
定价：68.00元　出版日期：2011年7月